ナチュラルキス
〜新婚編４〜

1　お楽しみの選択　〜沙帆子《さほこ》〜

「ふわわぁ〜っ」

目覚めた途端、大きなあくびが出た。

横向きに寝ていた佐原《さはら》沙帆子は、もそもそ動いて仰向けになる。ぼおっとしつつも、ゆっくりと瞼《まぶた》を開けた。

ぼんやりした光がカーテンの隙間《すきま》から差し込んでいる。

静まり返っている室内に、微《かす》かな寝息が聞こえる。

う、うん……もう、朝……？

ハッとした沙帆子は、急いで寝息が聞こえるほうに顔を向けた。

黒いパジャマを着てそこに寝ているのは、もちろん沙帆子の夫の啓史《けいし》だ。

さ、佐原先生、まだ寝てる！

これって、望んでいた状況を、ついに迎えたってこと？

や、やった！　心の中で叫び、ぐっと拳《こぶし》を握る。

わたし、ようやく、ようやく佐原先生より早く起きられたんだ。

沙帆子は、なかなか啓史より先に目覚めることができず、毎朝がっかりしていたのだ。それが……やっと念願が叶った。

喜びを噛みしめつつ、沙帆子はそっと身体を起こした。そして、啓史を見つめる。

うん、すやすや寝てる。はあっ、嬉しいなぁ。こんな風に先生の寝顔を見られるなんて……眼福《がんぷく》♪

しばらくの間、惚れ惚れと眺め続ける。

触れてみたいが、そんなことをしたら、きっとすぐに起きてしまうだろう。見つめていられるのは彼が寝ていればこそだ。こんなチャンス、みすみす逃してなるものか。

それに、今朝はゆっくりできる。

なぜなら、今日は日曜日。啓史の実家と、彼の伯父夫妻が住む橘《たちばな》家に行く予定だが、家を出るまでには、しばらく時間があるのだ。

うーん、でも……ベッドの端と端で寝ていたとは……

どうせなら、べったり密着して目覚めたかった。啓史の腕にやさしく包み込まれていたなら、天国にいる気分を味わえたのに。

それにしてもよく眠っている。完全に、無防備状態だ。

そう思ったら、ドキドキしてきた。

いまなら、なんでもやり放題なんじゃないか？　どこでも好きなところに触れられる。

あっ、けど、触ってしまったら起きる可能性が高いから、チャンスは一回しかない。

どうしよう？　何をしよう？

前髪に触れたりとか、耳たぶをそっと口に含んだりとか……

きゃーっ！　駄目駄目、いくらなんでもそれは大胆過ぎる。

なら、首筋を撫《な》でるとか？　指で唇をなぞるっていうのも捨てがたいかも。

自分で作った大胆な選択肢に、鼓動がどんどん速まっていく。

よ、よし！　唇をなぞってしまおう。そう決めた途端、急激に緊張する。

こくんと喉を鳴らし、沙帆子は啓史の唇に指先を近づけていった。

唇まで、あと一センチ。緊張はさらに高まり、指先がブルブルと震え始める。

沙帆子はさっと手を引いた。

ここはいったん落ち着こう。うん、そうしよう。

自分をなだめたあと、啓史に顔を近づける。まだ起きた様子はなく、安堵《あんど》した。

そうだ、いままさに寝顔の写メを撮るチャンスではないか。寝顔の写メは、すでに一枚ゲットしているが、このベッドに寝ている啓史の写メはまだ手に入れていない。

あっ、でも……携帯を居間に置きっぱなしだった。

まずそれを取ってこなければ、話にならないのだが、沙帆子は窓際に寝ていたから、彼をまたがないとベッドから下りられない。……でも、そんなことをしたら啓史は絶対に起きてしまう。

残念だが写メは諦めるしかない。となると残る楽しみは、啓史が目覚めるまで寝顔を見ているか、一発勝負で触れてみるか……

うーん、そうだな。やっぱり触れるのはやめて、ここは寝顔を楽しむことにしよう。

そう決めた沙帆子は、むふふと笑い、ベッドを揺らさないように気をつけながら両手をついて、啓史の寝顔を眺めた。

しかし、この状況……本当に不思議だ。佐原先生のベッドにいて、彼の寝顔を覗《のぞ》き込んでいるとは……

わたしが佐原先生のお嫁さんだなんて、冗談みたい。

次の瞬間、彼女はその考えを頭の中から追い払った。

いやいや、これは現実なの。わたしは佐原先生の妻なんだから、遠慮せずに、もっともっと大胆でもいいはず……

いっそ、唇にキス……しちゃうとか？　そう考えただけで、ボッと顔が燃える。

考えたら、昨夜、先生に抱きついたあげく、『先生、大好きっ！』なんて、口走ってしまったんだった。は、恥ずかしぃ！

だって、先生が白衣を着てくれるっていうから……

白衣を着た先生を撮りたいとか、白衣を着た姿でぎゅっと抱き締めてほしいとか、言っちゃったんだよね。あのあと、恥ずかし過ぎたものだから、照れ隠しにゲーム機のコントローラーを掴んで、つい余計なことを言ってしまって……

『今夜はいっさい手加減しませんからねぇ』

あんなクソ生意気な口をきいてしまうとは……

すべてはテンパっていたせいなのだ。

佐原先生は大人なんだから、そういうわたしの気持ちを汲《く》み取ってくれればいいのに、マジでキレちゃって……

『ちょっと手加減して、楽しませてやるかと思ってたのに……。お前がその気なら、手抜きなしでやってやろうじゃないか』

そしてその言葉通り、いっさい手加減してもらえず、ゲームの結果は散々だった。

そうこうしていたら急に睡魔に襲われて、ゲーム中なのにいつの間にか寝てしまったのだ。

身体がゆらりと揺れて驚いて目を覚ましたら、なんと沙帆子は啓史にお姫さま抱っこされていて……

心の中でキャーキャーとピンクの悲鳴を上げていると、啓史がでかうさを脅《おど》し始めたものだから、つい薄目を開けて様子を窺《うかが》った。

そうしたら先生と目が合っちゃって……ぎょっとして、慌てて寝たふりをしたんだけど……あれは大失敗だったな。思い出すだけで恥ずかしい。

そんな感じで色々あったけど、寝室に運んでもらったあとは、すっごくいいムードになって……だ、駄目駄目、この先は思い出しちゃ駄目。

沙帆子は自分の頭をポカポカ叩いた。

2　天秤《てんびん》にかけたうえでの決断　～啓史～

身体が揺れているような気がして、啓史は目を覚ました。

なんだ？

眉を寄せ、瞼《まぶた》を薄く開けてみたら、沙帆子がベッドの上に座り込んでいた。

なぜか彼女は、自分の頭をポカポカと叩いている。

「お前、何やってる？」

声をかけると、沙帆子はピタリと動きを止めた。両の拳《こぶし》を頭に当てたまま、啓史に目を向けてくる。びっくり顔で固まっているのが笑えてならない。

「どうして頭なんか叩いてる？」

「いえ。そ、そのぉ～」

目を泳がせた沙帆子は、頭の上の拳《こぶし》をそろそろと下ろす。

「ちょ、ちょーっと、その……叩きたくなっちゃったというか」

「なんで、叩きたくなったんだ？」

「な、なんでって……べ、別に、これといって理由は……」

「嘘をつくな。ひとは理由もなく、自分の頭を叩いたりしないもんだ」

そう突っ込んだら、彼女は不服そうな顔をして黙り込んでしまった。

「おい」

返事を強要するように呼びかける。

沙帆子は一瞬ビビった様子を見せたものの、啓史を見つめ返してきた。

「先生、もう起きます？」

「まだ俺の質問に答えてないぞ」

答えをさらに促《うなが》すと、逃げ場がないとでも思ったのか、沙帆子はベッドに突っ伏した。

「なんなんだ？」

呆れてしまったが、突っ伏している沙帆子の格好が面白くて、笑いが込み上げてくる。

自分が隙《すき》だらけだってことを、こいつはわかっていないようだ。これでは、さあ好きにしてくださいと言っているようなもの。

さて、どう料理してやろうか？

にやりと笑った啓史は、沙帆子の背骨に沿《そ》って指を滑《すべ》らせた。

「はひっ！」

沙帆子はおかしな悲鳴を上げて、起き上がろうとする。もちろんみすみす逃す気のない啓史は、彼女の細いウエストをぐっと押さえた。

「な、な、な……何するんですか！」

「何って、お前の腰を押さえつけてるけど」

「そんな当たり前の答え、求めてません！　放してくださいー」

「頭を叩いていた理由を話せ。そうしたら、放してやろう」

「そ、そんな条件ずるいですよぉ」

「別にずるくはないだろう」

会話をしている間も、沙帆子は啓史の手から逃れようと、躍起《やっき》になってもがいている。

本当に非力だよな。これっぽっちの力で押さえただけで、身動きできなくなるんだからな。

「せんせー、放してくださいぃ」

啓史は押さえつけていた手を離し、ジタバタしていた沙帆子を仰向けに転がした。

「きゃっ」

可愛い悲鳴を上げるその様《さま》は、まるで飼い主に遊ばれている子犬みたいだ。

「ずいぶんと反抗的じゃないか？」

啓史は沙帆子の目を覗《のぞ》き込みながら、脅《おど》すように問いかける。

「そ、そんなつもりは……」

「ほら、さっさと話せ」

「だ、だから話せません」

「ほお。つまり、お前が自分の頭をポカポカ叩いていた理由は、俺に話せないような内容なわけか？」

そう言ってやると沙帆子は急に起き上がった。

「先生、もう起きないと。今日は先生のご実家と校長先生の家に行かなきゃならないんですし、早く朝ご飯の用意を……」

四つんばいでそんなことを言いながら、沙帆子は啓史の身体を乗り越えて、ベッドから下りようとする。

そうはさせるか。

啓史は、沙帆子の脇に腕を突っ込み、たやすく動きを封じた。

「ああっ」

そしてそのまま沙帆子を胸に抱き込み、ベッドに胡坐《あぐら》をかいている自分の膝に、彼女を座らせる。

「せ、先生」

「休みなんだし、朝飯は遅くていい」

もう少し沙帆子と密な時間を過ごしたい。

「あ、あの、それじゃあ、いまから昨日の約束のほうを……ひとつ」

「昨日の約束？」

「は、はい」

期待するような目を向けられるが、なんのことか、ぴんとこない。

「先生、あれです。ほ、ほら……その……は、白衣を……って約束です」

言いづらそうに、もごもごと言う。

白衣か……そうだったな。こいつ、白衣を着た格好で抱き締めてほしいとか、白衣を着た俺の姿を写メに撮りたいとか言ってたんだよな。

さほど拒むような願いではないのだが……いまはそんな気分じゃない。

「先生？」

すでに心の中で却下したというのに、目の前には、瞳に期待を込めた奴がいる。

啓史は顔をひくつかせた。

密な時間を楽しむつもりだったが……

天秤《てんびん》にかけ、決断する。

「やっぱり腹が減った。朝飯を食おう」

沙帆子をひょいと膝から下ろした啓史は、さっさとベッドから出る。

「ええーーーっ！」

沙帆子の抗議の叫びが聞こえたが、啓史は構わず寝室から出てドアを閉めたのだった。

3　笑いにひと苦労　～沙帆子～

寝室のドアが閉まり、沙帆子はぷーっとほっぺたを膨《ふく》らませた。

白衣を着てくれるって約束したのに……逃げるなんて。

はあっ、おねだりするタイミングを間違えたなあ。

珍しく甘い雰囲気になったから……いまだ！　って思ったんだけど……

啓史の気持ちはなかなか読むことができない。

それにしても、もったいないことをしてしまった。せっかくの甘いムードも、おじゃんにして……

考えれば考えるほど惜しくなる。後悔先に立たずか……

沙帆子はしょぼくれて寝室を出た。


「先生、何時に家を出ます？」

トーストにりんごジャムを塗りながら、沙帆子は啓史に尋ねた。

「そうだな……向こうには十時過ぎくらいに着けばいいだろ。九時半に家を出るか？」

「そうですか」

まだ七時半だ。二時間あれば、気になっていたクローゼットルームの整理ができる。結婚式のあと、持ち帰った荷物を運び込んで、そのままの状態なのだ。あそこで着替えるたびに早く片付けたいと思っていた。

「先生、わたしクローゼットルームを片付けたいんですけど……」

「そうか。なら、俺は他の部屋を掃除しとく。花の水も替えておくから」

居間に飾ってある花に目を向けながら啓史が言う。

「はい。お願いします」

活《い》けてから一週間経つが、充分綺麗だ。

「まだ凄く綺麗ですね。先生がこまめに水を替えてくれていたから……」

「水を替えるくらい、簡単な作業だからな」

そっけなく啓史が言う。

啓史はなんでもないことのように言うが、そういう簡単な作業も、仕事で疲れていたりすると、面倒になったりするものだ。結婚式場から持ち帰った花だからこそ、大事にしてくれているように思えて嬉しくなる。

沙帆子は胸を弾ませて、りんごジャムをたっぷり塗ったトーストをパクッと食べた。

ほんわかした甘味が口中に広がり、さらにしあわせな気持ちになる。

「沙帆子」

「はい?」

なにやら急に深刻な口調で呼びかけられ、少々驚いて返事をする。

「あの、なんですか?」

「いや……昼飯のことだが」

その言葉だけで、沙帆子は啓史の言いたいことがわかった。

啓史は甘い物が好きではないのだが、なぜか彼の母である久美子《くみこ》は、息子は甘い物が好きだと思い込んでいるのだ。そのため、いつも啓史の料理だけ甘い味付けにしてしまう。

そんなわけで、啓史の実家に行き、久美子の手料理を食べることになったら、料理を取り替えてほしいと頼まれていた。

「わかってます」

「だが、そう簡単にはいかないんじゃないかと思う。そのときは、もういいからな」

うーん。確かに先生の言う通りかも。

気づかれないように、ふたりの皿を入れ替えるなんて、口で言うほど簡単ではなさそうだ。

「でも、頑張ってみます！」

拳《こぶし》を握って宣言したら、啓史が苦笑する。

「だから、頑張るなって」

否定されて、沙帆子は戸惑った。

「簡単に入れ替えられそうなら頼む。だが、無理はしなくていい。沙帆子、わかったな？」

啓史の思いやりに、沙帆子は胸がジーンとした。

「は、はい。無理はしません」

「うん」

啓史は頷《うなず》き、安心した表情でコーヒーを飲む。

胸をいっぱいにして、朝食を食べていた沙帆子は、ふとあることを思い出した。

「先生、お化粧はどうすればいいですか？」

「ああ……そうだな。……一緒に外出するんだし、助手席に乗っていくなら……」

「したほうがいいですか？」

気乗りしない口調で言ったら、啓史が眉を上げて沙帆子を見る。

「なんだ、お前、化粧をしたくないのか？」

「その……テッチン先生にお会いすることになるなら……」

「徹兄《てつにい》？」

啓史の兄である徹《とおる》は、沙帆子の中学の時の担任なのだ。啓史の実家を初めて訪問したとき、沙帆子はばっちり化粧をしていった。すると、徹に化粧のことで咎《とが》められてしまったのだ。そのことを思い出すと、気まずい思いに駆られる。

「……お前が嫌なら、やめておくか？」

「いいんですか？　でも、車に乗っているところを誰かに目撃されたら大変だし、……あっ、なら、後部座席に寝転がって隠れています」

「いや、それはさせたくない」

「先生……」

「そうだ。帽子はないのか？　顔が隠れるような深めのやつ」

「帽子ですか……ないこともないですけど」

顔がどこまで隠れるかはわからないが……いくつか持ってはいる。

「それじゃ、クローゼットルームを片付けるついでに、探してみます」

このマンションに沙帆子の荷物を運び込んだとき、それなりに整理して片付けたはずなのだが……そのときの記憶が少々曖昧《あいまい》なのだ。

あの頃のわたし、先生との結婚やら両親の引っ越しやらで、頭の中がいっぱいで……

「よし。それじゃ、さっさと食べて、取りかかるか？」

「はい」

沙帆子は明るく答え、朝食を急いで口に押し込む。

「お、おい、慌てて食うな」

「ふひまふぇん」

『すみません』と言うつもりが、頬張り過ぎてまともにしゃべれない。

「まったく何やってんだ。ほっぺたまんまるに膨《ふく》らませて、お前ハムスターみたいだぞ」

くっくっと啓史は楽しそうに笑う。

顔を赤らめて彼を睨《にら》んだものの、すぐに笑いが込み上げてきてしまう。おかげで、口の中のものを噴き出さないようにするのに、沙帆子は苦労した。

4　様《さま》変わりした部屋　～啓史～

沙帆子が片付けのためにクローゼットルームに籠《こも》っている間、啓史は掃除機をかけながら考え込んでいた。

化粧のことで、沙帆子は徹に対してかなり引け目を感じているようだ。今日は帽子を被ることにして化粧をしないことにしたが……用心のためにも、出かけるときは常に化粧をしたほうがいいと思う。

今日、徹兄は家にいるのだろうか？

徹は中学の教師をしている。休日も部活の練習があって留守にすることが多い。

啓史は掃除機を止め、ポケットから携帯を取り出して電話をかけた。

呼び出し音がしばらく続くが、徹はなかなか出てくれない。

徹兄、いまは忙しいのか？　それとも運転中とかかな？

諦めかけたそのとき――


「よお、啓史」

「徹兄、いまいい？」

「ああ。それにしても、なんか久しぶりだな」

徹の陽気な声に、啓史は小さく笑った。

啓史と徹が話すのは、結婚式の日以来になる。後日、式の写真をメールで送ってくれたのだが、その礼はメールで伝えた。電話で話すことさえも照れくさかったのだ。

でもそれは、徹も同じだったろうと思う。

結婚式の夜、徹からかかってきた電話でのやりとりを思い出し、噴き出してしまいそうになる。

初夜を迎えるにあたり、なにより必要なブツがないことにヘコんでいたところに電話がかかってきたのだった。

徹兄にはありえない、実にしどろもどろな口調で……

「おい啓史、何を笑ってる？」

咎《とが》めるような声が飛んできた。笑いを堪《こら》えていたのだが、伝わってしまったらしい。

「いや、わざわざ言わなくても、わかるだろ？」

「むっ……お前な！　ま、まあ、いい。そのことについては……。とにかく、仲良くやれてるのか？」

「俺に聞かなくても、色々なところから情報が入ってるんじゃないのか？」

「まあな。しかし、幸弘《ゆきひろ》さんはいいな」

声を弾ませて徹が言う。唐突に出てきた沙帆子の父親の名に驚きつつも、頷く。

「だろう」

「ああ。話していて面白い。向上心まで湧く。親父も尊敬しているが、ああいう親父もいいなと思ったな」

「そうか」

幸弘のことを褒められ、啓史は、自分が褒められる以上に嬉しくなった。

「そうそう、学校で騒ぎになってるって……」

「それについては、そっちに行ってから話すよ」

「わかった。それで、なんで電話してきたんだ？」

「ああ、うん。あの、徹兄は、今日は実家にいるのか？」

「いるぞ。色々話を聞かせて……いや、まあ……慣れたいってのが本音だな」

「慣れたいって……沙帆子が俺と結婚したこと？」

「そういうことだ。どうにもまだ、お前とエノチビが結婚したことを受け入れられてない。お前たちの結婚式には出たが……ほら、エノチビの奴、化粧をして別人みたいだったろ？　だから、こう……な？」

わかるだろうと同意を求めるように言う徹に、啓史は「ああ。わかるよ」と答えた。

同時に、慣れたいと思ってくれる徹を、ありがたく思う。

「俺に比べて順平《じゅんぺい》は順応性が高いぞ。兄嫁が来るってんで、大はしゃぎだ。幸弘さんが家に来たときは、借りてきたネコみたいにおとなしかったが……」

「なんだ、順平の奴、まだ幸弘さんのことを怖がってるのか？」

「どう対応していいかわからないだけだろう」

徹の言葉に苦笑した啓史だが、こんな話をしている暇《ひま》はないんだったと思い直す。

啓史はさっそく、用件を切り出した。

「徹兄、話しておきたいことがあるんだ」

「うん、なんだ？」

「俺と沙帆子が結婚したことは、あいつが卒業するまで隠し通さなければならない」

「それで？」

「ふたりで出かけるときには、学校の登下校時もだけど……俺たちの姿を目撃されてもバレないように、あいつは化粧をすることになった」

「そうか。そういうことなら仕方がないだろうな」

徹は本当に仕方なさそうに言う。やはり、自分の教え子である沙帆子が化粧をすることは、受け入れ難《がた》いようだ。

「うん。だけど、沙帆子は徹兄に化粧した顔を見られるのが辛いようなんだ」

「ん……そういうことか」

徹は悔《く》やむように言う。

「あのとき、手厳しく叱っちまったからな」

結婚の報告のために、沙帆子を初めて啓史の実家に連れていったとき、彼女は化粧をしていった。

徹は化粧をしている沙帆子を見て、こっぴどく説教をしたのだ。

「さっきも、化粧をするのを嫌がった。今日のところは、帽子を被っていくことにしたけど……」

「そうか……わかった。それについては、エノチビと話をさせてもらう」

「よろしく頼むよ。ああ、それと……写真、送ってくれてありがとう」

「おう。写真集のほうも見たのか？」

「芙美子《ふみこ》さんに見せてもらった。ところであの写真集って、余分はないかな？」

「お前たちの分は、今日渡すつもりだが」

「もう一冊欲しいんだ。昨日、芙美子さんの実家に行ったとき、お義祖母《ばあ》さんに渡してしまったから」

「えっ、あれを渡した？」

徹は驚いたらしく大きな声を上げ、さらに急《せ》くように尋ねる。

「訪問するとは聞いていたが、結婚したことも伝えたのか？」

「芙美子さんの母親だけだよ。芙美子さんも、母親には隠し通せなかったようだった」

「それで、大丈夫だったのか？」

「ああ、受け入れてくださった。結婚も、俺のことも」

「そうなのか、よかったな」

ほっとしたように徹は口にする。

「それじゃ徹兄、十時過ぎにはそっちに行くつもりだから、またそのときに」

「ああ。じゃあな」

通話を切り、携帯をポケットに戻した啓史は、沙帆子のいるクローゼットルームを窺《うかが》った。

どんな様子か一度覗《のぞ》いてみるかな？　いや、掃除機をかけ終えてからにするか。

啓史は足元に置いていた掃除機を取り上げ、居間の掃除を再開する。

ソファの周りを掃除していると、ピンクの物体がどうにも気に障《さわ》ってくる。無視しようとしても、どうしてもピンクが視界に入ってくるのだ。

「この野郎！」

啓史は振り返って、右腕を振り上げ、でぶクマを威嚇《いかく》した。

「存在感を消せっ！」

怒鳴りつけるが、ふてぶてしい顔で啓史を見つめ返してくる。

「それにしても、お前、もっと可愛く作ってもらえなかったのか？」

腹を立てていたはずなのに、つい同情を滲《にじ》ませてしまった。

だけど、沙帆子たちは揃《そろ》って可愛いと騒いでいたな。まるで理解できないが……女の好みは、男とは違うってことか？

でぶクマから視線を逸らし、今度は、飾り棚の上に置いてあるフリフリの物体を見やる。

母、久美子が作ってくれたリングピローだ。これを目にするたび、なんとも照れくさい気分になる。

啓史は、改めて部屋全体をじっくりと見回した。

ゴミ箱に活《い》けられた薔薇《ばら》の花にピンクのでぶクマ、オーストラリア土産《みやげ》のコアラに、リングピロー……

笑えるな。これがいまの俺の部屋とは。

敦《あつし》が見たら、大騒ぎして俺を冷やかすだろう。もちろん、あいつをここに招く気はないが……

親友である敦から、深野《ふかの》の婚約祝いに沙帆子も連れてきたらどうかと提案された。

化粧をしていけば、高校生だとはバレないだろうが……俺のダチとの飲み会に参加しても、沙帆子は楽しめないに違いない。それに緊張するだろうし……一緒に行くかとは誘えないよな。

けど……会わせておきたいなと思うのだ。

まあ、この件についてはゆっくり考えるとしよう。

5　ミッション大失敗　～沙帆子～

沙帆子は唇を突き出して、首を傾《かし》げた。

いましがた啓史の声が聞こえたのだが、沙帆子に呼びかけたわけではないようだ。

先生、電話でもしてたのかな？

沙帆子はクローゼットルームを見回し、次はどこを片付けようかと迷う。

ウエディングドレスの入った箱が、かなり場所を取っている。

……これって、一度クリーニングに出したほうがいいよね？

でも、クリーニング屋さんで対応してくれるのかな？

持っていったものの、店頭で『こんなものは無理です』と断られたら恥ずかしい。

うーむ、ママに相談してみよう。

さてと……あとは？

沙帆子は床に置いてあるピンクのバスケットを見つめ、考え込む。この中には、啓史には内緒のお宝写真が入っている。彼に気づかれないように自分の机の引き出しに移動させたいのだが、いまだに移動させられていない。

バスケットの前にしゃがみ込んだものの、掃除機の音が近づいてきている。

先生、廊下の掃除に取りかかったみたい。……いまは無理だな。片付けながらチャンスを窺《うかが》うとしよう。

床に置いてある物をいくつか片付けた沙帆子は、アイロンに目をやった。アイロンとアイロン台は、これから毎日使うのだし、出しやすいところに置いておくほうがいいな。

あっ、そうだ。洗濯物を取り出してきて畳まないと。夕べ、風呂上がりに乾燥させてそのままだ。

ドアを開けて廊下に出てみると、啓史は仕事部屋の掃除をしているところだった。開いたドアから掃除機をかけている啓史を覗きつつ、洗面所に向かう。

ついつい足取りが弾んでしまう。だって洗濯物の中には、啓史の白衣もあるのだ。

ドラム式の洗濯機の扉を開けて中身を全部取り出し、クローゼットルームに抱えて戻る。

沙帆子はウキウキしながら畳《たた》み始めたが、最初に手に取ったのは、もちろん白衣だ。

きゃはーっ、先生の白衣♪

アイロンは今夜にでもかけることにして、丁寧に畳《たた》んでおく。

それにしても、白衣を着るという約束を守ってくれる気はあるんだろうか？

でも、あまりしつこく言ったら、機嫌を損ねてしまいそうだ。ここは慎重にいかないと……

次の洗濯物を手に取った沙帆子は、思わずぎょっとしてしまった。

こ、これは、佐原先生の……

黒いそれを、沙帆子は顔を赤らめてパパッと畳《たた》んだ。

こういうの、いつまで経っても慣れられそうにない。照れくさいったらない。

洗濯物をすべて畳《たた》み終わった沙帆子は、ドアを静かに開けて啓史の様子を窺《うかが》ってみた。寝室のほうから掃除機をかけている音がする。

よーし、チャンスが巡ってきた。沙帆子はドアを閉め、ピンクのバスケットに飛びついた。

何度も失敗してきたけど、今日こそはこのミッション、無事にやり遂げよう。

沙帆子は鍵を開けようとしたが、気が急いているのか、なかなか開けられない。

落ち着けぇ、落ち着くんだ。

一度ゆっくりと深呼吸してから鍵を開ける。

バスケットの蓋を開けた沙帆子は、披露宴で公開された写真と、徹からもらった写真が入った箱を胸に抱え込み、急いで立ち上がった。

このまま仕事部屋に移動だ。そしてミッションを成功させるのだ。

頑張れ、わたし！

クローゼットルームを駆け足で出たら、なんと啓史の姿が見え、ぎょっとする。

うわわっ、もう寝室の掃除終わっちゃったの？

驚きのせいで立ち竦《すく》んでいたら、薔薇の入ったゴミ箱を抱えた啓史がこちらを振り返った。

ふたりの目がばっちり合う。

きゃーーっ！

「なんだ？　沙帆子、どうかしたのか？」

「は、はい。な、な、なんでもありません」

ああっ、もおっ、わたしときたら、こんなにおどおどしていたら怪し過ぎるし。平然としなきゃ！

なんとか普通に笑おうとするが、顔がひきつってしまう。

すると、とんでもないことに、啓史はいったん薔薇を下ろして、沙帆子に歩み寄ってきた。

ま、まずいっ！

動転した沙帆子は、くるりと背を向け、クローゼットルームに逃げ込もうとしたが、あっさり捕まってしまう。

「ああっ、放してくださいぃ」

「どうしたんだ？　お前、何を抱えてる？」

「し、私物です。勉強机のほうに移動させようと思ってですね……」

「ふーん。私物を移動させるだけなのに、なんでそこまで動揺してる？」

「べ、別に、わたしは動揺なんて……」

そう言った瞬間、胸に抱えていた箱を啓史に奪われそうになり、沙帆子は必死に抵抗した。

「だ、駄目です。これだけは駄目なんです」

「この箱、前に見たな」

啓史の言葉に、心臓がバクンと跳ねる。

そのとき、奪い合いをしていた箱が、床に落下した。

「ああっ！」

蓋《ふた》が外れてしまい、写真が散らばった。

さ、最悪だぁ！

「やっぱりか。これ、お前が持ってたんだな？」

「……」

啓史に隠していたことはバレバレで、返事のしようがない。もう泣きたい気分だ。

「おい、なんとか言えよ？」

「……すっ、すみませんでしたぁ」

沙帆子は恩赦《おんしゃ》を求め、平謝りしたのだった。

6　内緒の写真　～啓史～

「ぷっ！」

ぺこぺこと頭を下げる沙帆子の姿に、啓史は我慢しきれずに噴き出した。

床に散らばった写真を数枚拾う。それを見て、沙帆子も慌てて屈《かが》み込み、写真を拾い始めた。その間にも、啓史の様子をチラチラと窺《うかが》ってくる。

沙帆子は、なぜか啓史が機嫌を損ねていると思っているようだ。

この写真は徹がくれたものなのだが……実はこれらは、啓史が撮った沙帆子の写真なのだ。

バレーボールの試合中に撮ったもの、そして卒業式に撮ったもの。

結婚式の夜に沙帆子と一緒に見たのだが、そのあとはすっかり忘れていた。

もうひとつ沙帆子は包みを抱えているが、こちらも見覚えがある。これについて以前沙帆子に尋ねたが、なんであるかは教えてくれなかった。

あのときは確か、女の子の秘密の事情とかなんとか言っていたと思うが……

やはり、教えてくれないのだろうか？　だが、秘密にされると気になるんだよな。

「あの、先生、怒ってます？」

「この写真をお前が持っていることに、なんで、俺が怒ると思うんだ？」

「えっ？」

「どうして驚く？　だって、こいつはお前の写真だぞ」

「あ……ああ、は、はい。そ、そうでした」

その返事に、啓史は眉をひそめた。

なんかこの態度、引っかかるな。

沙帆子はまるで啓史の視線を避けるように、必死に写真を拾い集めている。

「なあ、お前、俺になんか隠してないか？」

「えっ？」

ぎょっとしたように沙帆子が顔を上げる。

これはビンゴだな。俺に隠し事があるらしい。

それにしても、こいつときたら、隠し事が下手過ぎる。

「で、何を隠してる？」

そう聞くと、沙帆子は抱えているもうひとつの包みを、何気なさそうにさらに引き寄せた。

そうか。こいつが俺に隠したがっているのは、こっちのほうなんだな。

「沙帆子」

「は、はいっ」

彼女が慌てたように返事をした瞬間を狙い、啓史はもうひとつの包みをかっさらった。

「ああっ！」

「やっぱりか。お前、必死になってこいつを俺から隠そうとしてるよな？」

沙帆子はぎょっとした顔で、瞳を揺らす。

「いったい、これはなんなんだ？」

包みを確認しつつ、問いかける。包みには、新婦様と書いてある。

すると沙帆子はため息を落とし、観念したように「アルバムです」と言った。

「アルバム？」

「その……披露宴で、使われた写真です」

ああ、そうなのか。

沙帆子が必死になって隠していたものの正体が、ようやくわかった。俺と沙帆子の、赤ん坊の頃からいまに至るまでの写真だ。

啓史は包みの中からアルバムを取り出し、パラパラと捲《めく》ってみた。沙帆子が手を出そうとして、引っ込める。

「あ、あのぉ？」

「お前、帽子は見つかったのか？」

「えっ？」

「帽子だ、帽子。化粧する代わりに帽子を被っていくんだろ？」

「そ、そうですけど……その前にアルバム、返して……」

啓史はアルバムを、バン！　と、音を立てて閉じた。

思ったより大きな音が出て、沙帆子がびっくりしている。

正直、赤ん坊の自分や、小学生の自分が写っている写真なんてもの、気恥ずかしくて誰の目にも晒《さら》したくない。もちろん、沙帆子にも見られたくないが……

この中には、沙帆子の傑作《けっさく》な写真も入っているわけだしな……

俺が、こいつの目に触れないところに隠したんでは、沙帆子は面白くないだろう。かといって、彼女に手渡す気にもなれない。

まったく、やっかいな代物《しろもの》を抱え込んだな。

「まあ、いい。ほら」

考えた末に、啓史は沙帆子にアルバムを返した。

「えっ」

こんなに簡単に返してもらえるとは思っていなかったのだろう。沙帆子は目を丸くして、アルバムと啓史を交互に見る。

「ただし、隠すなよ」

「……そ、それはつまり、どうすれば？」

「俺にもわかるところに置いておけ、ということだ。そうだな。お前の本棚に置けばいいんじゃないか」

啓史からすれば、沙帆子の願いに大きく歩み寄っての言葉だったのだが、彼女は顔を歪《ゆが》める。

「なんだ、不服そうだな？」

「い、いえ……わ、わかりました」

渋々というように頷《うなず》いた沙帆子は、アルバムを持って仕事部屋に入っていく。

啓史も拾い集めた写真を手に、沙帆子のあとに続いた。

沙帆子がアルバムを本棚に収める。啓史は彼女の机の上に写真を置いた。

「こっちの写真も、アルバムに綴《と》じたほうがいいな。ショッピングセンターに寄れたら、クッションと一緒に買ってくるとするか」

「はい。あ、でも……クッションはもういらないんじゃないですか？　これから、車で出かける時は、お化粧するんでしょ？」

「必要なときもあるかもしれないだろ。買っておいたほうがいいさ」

「そうかもしれませんね」

そういえば、徹兄もこいつも見たことがない、沙帆子の写真が、まだあるんだよな。

啓史は徹に内緒で出かけた、沙帆子の中学の音楽祭を思い浮かべた。

あのときは、沙帆子の声も知らなくて……こいつの声を耳で拾えないことに、馬鹿みたいに苛《いら》立《だ》った。

会場が暗かったから綺麗に撮れなくて……

「なあ、沙帆子」

「はい」

「お前の歌が聞きたいな。今度歌ってくれないか？」

「う、歌？　どっ、どうして急に？」

「聞きたいからに決まってるだろう」

「でも……そんなにうまくないから……恥ずかしいです」

うまくなかったら、コーラスには選ばれないだろうと言ってやりたかったが、もちろんそれを口にするのはまずい。

「うまかったぞ」

「えっ？」

「結婚式のとき、歌ったろ」

「……ああ。そういえば……」

「うん？　なんだ？」

「い、いえ……先生も歌ってたなって思い出しました。あそこらへんの記憶は曖昧《あいまい》なんですけど……うまかった気がします。あっ、それじゃあ、わたしも歌うので……」

「却下だ！」

お願いされる前に、断固として拒否する。

「ええーっ！」

「それじゃ、俺は掃除に戻る。お前は帽子を探しておけよ」

啓史はそう言い置き、さっさと掃除に戻ったのだった。

7　至福《しふく》でいっぱい　～沙帆子～

啓史が部屋から出ていくのを見送り、沙帆子は本棚のアルバムに視線を向けた。

見つかってしまって、もう駄目かと思ったけれど……こうしておおっぴらに本棚に置けることになったし、見つかってよかったのかもしれない。隠し続けるって、ストレスになりそうだし。

啓史を追って部屋から出ようとしたのだが、もう一度アルバムに目を向け、思わず手に取ってしまう。

ちょっとだけ、先生の写真を見てみよう。

最初のページを開き、赤ん坊の頃の啓史を見る。

うわーっ、やっぱり可愛い！　それでいて、男らしさもあるというか……

かっこよさの片鱗《へんりん》が、すでにこのときから現れておいでだ。

赤ん坊の啓史に会ってみたかった。このとき、自分はまだ生まれていないけど……

そういえば、映像なんかは残っていないのだろうか？　わたしの映像はパパがビデオカメラで撮ってくれていた。運動会のときとか、家族で遊園地に遊びに行ったときとか……

先生に尋ねたところで教えてくれそうにないし、聞くとしたら先生のお母さんだろうか？

よし、今日お会いしたときに、聞いてみるとしよう。

そう決めて、アルバムに意識を戻す。パラパラと見るつもりが、ついついじっくり見てしまう。

そのとき、ドアが開いた。

「おい！」

ご立腹モードの呼びかけを食らい、沙帆子は内心ぎゃっと叫んだ。

「それを取り上げられたくないなら、さっさとやることをやれ！」

「わかりましたぁ」

沙帆子は慌てふためいてアルバムを本棚に戻し、クローゼットルームに舞い戻った。

あー、怖かった。

片付けを終わらせたあと、沙帆子は部屋の中を眺め回す。

「さてと……帽子だったね」

どれにしよう？

うーん、これかな？　ツバも大きいし、顔を隠すならこれが一番かもしれない。この帽子に合う服は……

服を選んでいたら、掃除を終えたらしい啓史がやってきた。

「ほう、ここも綺麗に片付いたな」

「完璧じゃないですけど。もっと時間のあるときに、しっかり片付けます」

「これで充分だ。で、帽子はあったのか？」

「はい。これでいいかなって」

沙帆子は帽子を手に取り、被ってみせる。

「いいんじゃないか」

「だけど、これに合う服を選ぶのが難しくて」

「別に服と合わせる必要はないだろう。帽子を被るのは、車に乗ってるときだけでいいんだからな」

「それはそうですけど……」

啓史は数着、自分の服を選んで手に取った。

「それじゃ、俺は寝室で着替えてくる。お前も、早く支度しろよ」

「えっ、もう出かける時間になっちゃったんですか？」

「いま、九時十五分だ」

啓史は時間を告げると、さっさと行ってしまった。

もう十五分しかないとは……急がないと。

沙帆子はぶら下がっている服を必死に物色し始めた。


「沙帆子。そろそろ行くぞ」

ドアの向こうから啓史が声をかけてきたが、沙帆子は半分上《うわ》の空《そら》だ。

これでいいかなぁ？　それとも、もっとシンプルなデザインの服のほうがいいかな？

それにスカートも、もうちょっと長いほうが……うーん……

淡い桃色の上着を取り出し、また悩む。

「沙帆子！」

鋭い呼びかけに、沙帆子はぎょっとしてドアのほうに視線をやった。

「は、はいっ。な、なんですか？」

「なんですかじゃないだろ。早く出てこいって言ってんだ。もう行くぞ」

「わ、わかってますよ。けど迷っちゃって」

「迷う？　何をだ。開けるぞ」

ドアが開けられ、びっくりした沙帆子は「きゃーっ！」と悲鳴を上げた。

まさか、沙帆子の了解も取らずに、ドアを開けるとは思ってもいなかった。

「なんで悲鳴を上げる？」

「だ、だって、着替えの途中で……」

「どこが途中だ？　ちゃんと着てるじゃないか？」

そう指摘されて、むっとする。

「着てますけど、途中なんです。どれを着ていこうか、まだ迷ってるところなんですから」

ぶつぶつ文句を言うと、今度は啓史がむっとする。

「いま、着ているものでいい。迷う必要はない」

手首を掴まれた沙帆子は、足を踏ん張って抵抗した。

「まっ、待ってくださいってば。だって、先生のご実家に行くんですよ。ちゃんとした服装をしていかないと……」

「ちゃんとした服装ってなんだ？　いま着ている服じゃ、ちゃんとしてないってのか？」

「もおっ、先生、わっかんないひとですねぇ。ですからぁ……」

唇を尖《とが》らせて言ったら、啓史の目が鋭くなった。沙帆子はびくっとして身を竦《すく》める。

「な、な……」

泡を食っていると、ぐいっとほっぺたを掴まれた。

「あわわ……や、やめてくははい」

「俺がなんだって？」

「う……うえ……ほ、ほの……ふわひへふへ、あ、あだだ……」

啓史は沙帆子のほっぺたを手加減なく左右に振る。そのせいで、頭がかくかく揺れる。

「ふっ。面白いな」

「おもひほくないれふ」

「俺は面白いんだ」

啓史は楽しそうにそう言ったあと、ようやく沙帆子の頬を放してくれた。

「さあ、行くぞ」

「ええっ！　で、でも……」

「でもじゃない。その服はまったく問題ない。だいたい、それがいいと思ったから、お前、それを着たんだろう？」

そう言われると、反論できない。

「まあ、そうなんですけど……」

「適当に着たわけじゃない。いいと思った服を着ている。ならば着替える必要はない」

畳《たた》み掛けるように言った啓史は、置いてあった帽子を取り上げ、沙帆子の頭に勢いよく被せてきた。

「さあ、行くぞ」

「先生、帽子が深過ぎますよ。目が半分以上隠れて、辺りがあんまり見えません！」

抗議しても、啓史は取り合わない。

「顔を見られずにすむからちょうどいいさ」

もう抗《あらが》えないと悟《さと》り、沙帆子は足元のバッグを慌てて拾い上げた。


走行中の車の助手席で、沙帆子は自分の頬に手を当てた。啓史にいたぶられたほっぺたが、まだジンジンしている。

ほんと、手加減がないんだもん。

先生も一度経験してみればいいのだ。そうしたら、この痛みがいかほどのものかわかって、申し訳なかったと反省するに違いない。

今朝、無防備に寝ていた佐原先生のほっぺたを、ぎゅぎゅーっと摘まんで左右に揺すってやればよかったかも。

まあ、そんな恐ろしいこと、思うだけで実際はできないけど……

それに、服のことだって……服装ひとつで、印象はだいぶ変わるものなのに……

不安が消えず、沙帆子は着ている服を確認してみた。

ほんとにこれでよかっただろうか？

顔をしかめ、沙帆子は運転している啓史に視線を向けてみた。啓史のほうは、凄く決まっている。

何を着ても似合うから、悩むことなどないのだろう。羨《うらや》ましい限りだ。

あっ、そういえば、前に服を見立ててくれって言われたんだっけ……わたし、一緒に行くの楽しみにしてるんだよね。いつになったら行けるかな？

「せ……」

呼びかけようとした瞬間、沙帆子はハッとした。『先生』と呼ぶことは、禁止されていたんだった。

外では、『啓史さん』と呼ばなければ。

「なんだ、何か話があるんじゃないのか？」

「あっ、はい。服のことを……」

「まだ言うのか？」

不機嫌な返事をもらい、沙帆子は慌てて手を横に振った。

「違います。わたしの服のことじゃなくて、先生の服のことで」

「俺の？」

「あの、それよりも……今日は先生って呼んじゃ駄目ですよね？」

「当然だ」

「で、ですよね。頑張ります」

「ああ、頑張れ」

どうせ駄目だろうが、という啓史の心の声が聞こえてくるようで、沙帆子はむっとした。

こ、こうなったら、呼び捨てにして驚かせてやるっ！

息巻いて口を開く。

「けっ、けーし！」

失敗に終わった。

自分の無様《ぶざま》さに唇を噛んでいたら、啓史がぷっと噴き出した。さらに、くっくっくっと愉快そうに笑う。

「わ、笑わないでください！」

「それで俺の服ってなんだ？　俺の着ている服、どこかおかしいか？」

沙帆子の言葉を曲解《きょっかい》したのか、啓史はそんなことを言う。

「違います。先生は全然おかしくないですよ。服を見立ててくれって、前に言われたことを思い出して」

「ああ。そうだったな。時間ができたらな。いまのところはそんな余裕もないし」

啓史はそう口にしつつ、沙帆子の胸元に視線を投げてきた。

うん？　なんかおかしいかな？

目を向けても、どこがおかしいのかわからない。

「チェーンから外して、結婚指輪を嵌《は》めたらどうだ？　指に痕《あと》がついたとしても、明日には取れるだろ？」

それって、わたしに指輪を嵌《は》めてほしいってことだよね？

「は、はいっ」

沙帆子は喜びを噛みしめて返事をし、すぐさま首にさげていたチェーンから指輪を外して薬指に嵌《は》めた。

薬指に嵌《は》まった指輪を見て、照れくさくなる。さらに啓史の薬指に嵌《は》まっている指輪を確認すると、じわじわと喜びが込み上げてきた。

「啓史さん」

沙帆子は小さな声で名を呼んでみた。啓史の耳には届かないだろうと思ったのに、彼は「うっ」と呻《うめ》く。

ええっ！　い、いまの、聞こえちゃったの？

「き、聞こえ……ました？」

顔を赤らめておずおずと問いかけたら、少し乱暴な手つきで沙帆子の頭に手のひらが置かれた。

さらに、帽子をはぎ取られる。

沙帆子は、膝の上に落ちた帽子を思わず手に取った。

「聞こえた……まったく、お前って……」

啓史は前方を見たまま、沙帆子の髪をくしゃくしゃにする。

髪を乱されるのは困るが、嬉しさが勝《まさ》って文句が言えない。

手はすぐに離れてしまったが、胸は至福《しふく》でいっぱいだ。

沙帆子は照れ隠しに困った顔をしつつ、帽子を被り直した。

8　楽しい言い合い　～啓史～

ほんとに、油断も隙《すき》もない奴だよな。

この俺に不意打ちをかけるとは……

『啓史さん』という微《かす》かな呼びかけに、とんでもなくドキリとさせられた。

でも、いまみたいに呼べるようになってくれるのが、理想なんだよな。

咄嗟《とっさ》に出る呼び名が『先生』では、やはりまずい。

赤信号で車を停めた啓史は、隣の沙帆子に目をやった。

啓史より背が低いから、こんな風にツバのある帽子を被っていると、あまり表情が見えない。

逆に言えば、俺がいくら見つめていても、こいつに気づかれないですむということだ。

それにしても、さっきは着替えの途中だろうと思って、期待してドアを開けたのに、しっかり服を着ていてがっかりした。半裸状態のところを襲う真似をして、こいつが慌てる様《さま》を面白がろうと思っていたのに。

そのとき、沙帆子が小さくため息を吐いた。

沙帆子は気づいているのかいないのかわからないが、啓史の実家が近づくにつれて、どんどん緊張してきているように思える。

俺の実家に行くくらいのことで、緊張することなんかないぞと言いたいが、そんなことを言ったところでリラックスなんてできないだろう。

信号が青になり、アクセルを踏む。

沙帆子が俺の実家に行くのは、今日でまだ三回目か……緊張するのも当然だよな。

沙帆子の左手をちらりと見る。薬指に嵌《は》まっている指輪を見て、いい気分になる。

薬指の指輪に、はじめは啓史もかなり違和感を覚えていたが、いまはそれもない。昨日、沙帆子の祖父母の家を訪問した際は外していたのだが、指輪がないと寂しい気持ちになった。

こいつが高校を卒業すれば、誰に気兼《きが》ねすることもなく指輪を嵌《は》めていられるんだがな。それはまだ一年も先だ。

そう考えて顔をしかめてしまった啓史だが、すぐに思い直した。

これからの一年間、沙帆子の成長をこんなに側で見守れるのだ。なのに、さっさと過ぎろと思って過ごしたら、もったいないよな。沙帆子と一緒にいることで、面倒な事態になったりするかもしれないが、それらも喜んで受け入れるべきだ。

殊勝《しゅしょう》な気持ちになっていた啓史だが、突然洋一郎《よういちろう》のことを思い出してしまい、胸に苦いものが湧く。

洋一郎は沙帆子の従兄《いとこ》なのだが、いきなり登場したと思ったら、こともあろうに俺の沙帆子に抱きつきやがったのだ。しかも、奴はこれまでずっと、沙帆子に対して過剰なスキンシップをとっていたらしい。

あのあと、芙美子の実家を訪問したから、洋一郎のことはすっかり頭から消えていたが、思い出すと、怒りが煮えたぎってくる。

くっそぉ、許せねぇ！

ハンドルを握る手に、すさまじい力がこもる。

「せ……あ、あの、けい～しさん？」

このタイミングで呼びかけられ、鋭い視線を投げてしまう。

「へっ？」

事情がわかっていない沙帆子は、間抜けな声を出す。その反応に憤《いきどお》りが増す。もちろん、沙帆子は何も悪くない。気に食わない野郎に、抱き締められただけ……

「ど、どうしたんですか？　わたし、何もしてませんよね？」

「していない……」

『とも言えないな』と、心の中で続ける。だが、あの野郎のことをいまさら思い出して、怒りを煮えたぎらせているなんて、沙帆子に知られたくない。

「で、ですよね」

沙帆子はそう言ったが、安心はできていないようだ。

「それで、何か話があって、俺に呼びかけたんじゃないのか？」

「あ、は、はい。あの写真集のこと、頼んでもらえたのかなぁって」

「ああ。それなら、徹兄に……」

うん？　そういえば、頼んだものの、まだ返事をもらっていなかったな。

「もう頼んでくれたんですね。先生、ありがとうございます。……でも、今日はさすがに無理ですよね？」

ひどく残念そうだ。

今日もらうことになっている写真集は、芙美子に渡す予定なのだ。

芙美子がもらった写真集は、昨日、沙帆子の祖母の美枝子に渡してしまった。それで芙美子ががっかりしていたので、啓史は自分たちがもらう分を芙美子に譲《ゆず》ると約束したのだ。

「それほど待たなくてもいいかもしれないぞ」

「でも、次に先生の実家に行けるのは、来月になっちゃいますよね？」

確かにそうだな。

来週は沙帆子の両親の引っ越しだ。啓史たちも引っ越し先に行くことになっている。

「そのくらい待てるだろう。ほかにも写真はあるんだし、引っ越し先には芙美子さんに渡した写真集があるんだから」

「それはそうですけどぉ」

頬を膨《ふく》らませている表情がやたら可愛く見える。

それにしても、こいつにしては珍しく聞きわけがないな。だが、その理由が、自分たちの結婚式の写真集だということが、啓史としては嬉しい。

「あの、け、いしさん?」

「お前、もっと普通に呼べよ」

思わず突っ込む。

「こっ、これでも頑張ってるんですっ!」

力を込めて言い返されて、つい噴いてしまう。

「噴かないでください」

「ごめん。それで?」

「あっ、いえ、その……さっき何か怒ってたようだったから……どうしてかなぁって、気になって」

洋一郎のことは、すでに頭から消えていたというのに、こいつ、わざわざ蒸《む》し返《かえ》すとは……。

本当は、気がすむまで沙帆子に八つ当たりしてやりたいが、さすがにそれは大人げなさ過ぎる。

なので、ぐっと堪《こら》えることにする。

「ちょっと嫌なことを思い出しただけだ」

「嫌なこと? あの、それってわたしの祖父母関係ですか? お祖父《じい》ちゃんに何か言われたとか?」

「いや、そうじゃない」

「それじゃ、学校関係?」

「それも違う。気にするな」

「気になりますよぉ。先生のことだもん」

その一言に、胸が熱くなった。こいつ、嬉しいことを言ってくれる。洋一郎にはこの先も悩まされるかもしれないが……いまは忘れておこう。

「ありがとな。お前のその気持ちだけで充分だ」

感謝を込めて言ったら、沙帆子がほんのり顔を赤らめた。

「あの、テッチン先生は、今日は家にいらっしゃるんでしょうか？」

「いる」

啓史の即答に、沙帆子が驚いて身じろぐ。

「さっき、電話で話したんだ」

「そうですか」

「嫌か、兄貴に会うのは？」

「元担任ですから……落ち着かないというか……」

「そのうち慣れるさ。もう卒業したんだし、担任という意識をなくせばいいんじゃないか」

「それは無理ですよ。けいし……さん、だって、わたしの立場だったら、無理だと思いますよ」

またもや沙帆子は、啓史の名前をぎこちなく口にする。

噴きそうになりながら、啓史は「そうかもな」と答えた。

「順平さんは大丈夫なんですけどね」

「あいつに対して緊張する奴なんて、まずいないだろう」

沙帆子がくすくす笑う。

「順平さん、年上だけど、わたしの義理の弟なんですよね」

「まあ、精神年齢でいえば、お前の弟くらいでちょうどいいんじゃないか。あいつはいつまでたっても子どもっぽいからな」

「それって、わたしは順平さんより、大人びて見えるってことですか？」

「そういうことではないな」

「えっ、それじゃ、どういうことなんですか？」

「精神年齢に関しては、お前のほうが上ってことだ。まあ、見た目はどっこいどっこいだな」

こいつはあっという間に成長していく。化粧をすると、完全に大人の女に見られるだろう。

「なあ、急いで成長することはないぞ。ゆっくりでいい」

「えっ？」

「俺が……」

見逃さないように……と、心の中で呟《つぶや》く。

「はい？　先生が？」

話の先を催促《さいそく》されたが、啓史はふっと笑って口を閉じた。

「先生？」

「『先生』はここからは厳禁だ。ほら、着いたぞ」

車のスピードを落とす。沙帆子は焦《あせ》ったように窓の外に目を向けた。

「ちょ、ちょっと待ってください」

沙帆子が泡を食って叫ぶ。

「こっ、心の準備がっ！」

「もう着いたんだ、諦めろ」

ひとりテンパっている沙帆子を面白がっていた啓史だが、母屋《おもや》の駐車場に目を向けて眉を寄せた。

うん？　車がひとつもないな。徹兄はいる、と言っていたが……順平はいないのか？

どっちにしろ空《あ》いているのはありがたい。俺にここを譲《ゆず》るために、ふたりは工場のほうに停めているのかもしれない。

啓史は車を駐車場に入れた。

「平然と言わないでください」

「じゃあ、どんな風に言えばいいってんだ」

「凄く緊張しちゃってるから、なんでもいいから言いたかったんですよ」

「八つ当たりをすれば緊張が解《と》けるってんなら、いくらでも八つ当たりしろ」

「そう言われて、はいそうですかって、八つ当たりできませんよ！」

「八つ当たりしてるじゃないか」

「むーっ」

言い合いに負けて、沙帆子は啓史を睨《にら》む。

啓史は笑いながら、彼女の頭を軽く小突いた。

9　仕方なく腹を括《くく》る　～沙帆子～

「いたっ」

啓史に頭を小突かれた沙帆子は、思わず叫んだ。

「そんくらいで、痛いもんか」

その勝手な言い草にちょっとむっとする。そりゃあ、そんなに痛くなかったけど……

それにしても、心の準備が整わないうちに着いてしまったとは。緊張するぅ。

車を降りる前に落ち着こうと、息を吸ったり吐いたりしていたら、啓史が怖い顔で何かをじっと見ている。何を見ているのかと思い、啓史の視線を辿《たど》ったが、よくわからない。

「どうしたんですか？」

「別に」

素っ気ない返事。明らかに啓史は不機嫌だ。

「でも、怒ってますよね？」

「過去の順平に対してな」

はい？　過去の順平さん？

「何があったんですか？」

気になって尋ねたら、啓史が口をへの字に曲げた。

「口にしたくない」

えーっ、そんな風に言われたら、気になってならないんですけど。

だが、これ以上しつこく答えをせがんだりしたら、いたぶり確実だろう。

いたぶりと興味を天秤《てんびん》にかけた末、沙帆子は諦めることにした。ここでいたぶられたら、赤く腫《は》れた顔で、啓史の家族と会うことになってしまう。

「難しい顔して何を考え込んでんだ？　順平のことなんて、どうでもいいだろ」

「順平さん、いるんですよね？」

「……なんで？」

啓史は眉を寄せて聞いてくる。睨《にら》まれているようで、ちょっとビビる。

「あの、なんでって？」

「いや……あいつに、いてほし……」

啓史は言いかけて口を閉じた。

「はい？」

問い返すように言ったら、啓史は「なんでもない」と顔を背《そむ》けてしまう。

「テッチン先生もですけど、順平さんにもどういう風に接したらいいのかなぁって考えちゃって」

「さっき、順平には緊張しないって言ってたじゃないか」

「緊張はしなくても、気は使っちゃいます。友達とは違うし、異性ですから……」

これから啓史の家族と対面すると考えるだけで、胃の辺りがおかしな具合になる。

沙帆子は大きく息を吸い込んで吐き出した。

「……まだ、三度目だもんな」

その呟《つぶや》きに、沙帆子は顔を上げて啓史を見つめた。

「それと、教会で二度。まだ五回しか会ってない。しかも、たいした会話もしていないしな。俺は、お前の両親と、ほぼ毎日顔を合わせてたけど……」

「せ、先生」

理解を示してくれた啓史のやさしさに、目が潤《うる》んでくる。

「なんで泣きそうな顔する？」

「だって……」

やさしいから……

胸の内で呟《つぶや》いていたら、啓史は指で彼女の目元に触れた。その行為に胸がきゅんとなる。

「ごめんな」

謝罪の言葉に、沙帆子は面食らった。

「えっ、どうして？」

戸惑って聞くと、啓史の表情が激変する。すまなそうだった顔が、一瞬にして不機嫌なものになった。

「ええっと？」

啓史の急激な変化に困惑していると、啓史は「行くぞ！」と鋭く言い放ち、車から降りた。

バタンと荒々しくドアを閉め、助手席側に回ってくる。

これは、沙帆子を車から引きずり出そうとしているに違いない。

沙帆子は慌ててドアを開けて車から出た。

啓史は意外そうな表情を浮かべ、それからくすっと笑う。

たぶん沙帆子の行動がおかしかったのだろうが……そんな風に笑われては、むっとしてしまう。

沙帆子は頬を膨《ふく》らませてそっぽを向いた。

「五分くらいは、車の中に立てこもると思ったのにな」

「そ、そんな子どもっぽいこと……」

思わずそう口にしてしまい、『しまった！』と顔をしかめる。

前科《ぜんか》があるのに、自分で子どもっぽいことなんて言ってしまうとは……

「ほおっ」

わざとらしい声を上げられ、沙帆子は顔を真っ赤に染めた。

「し、しましたけどっ！」

「だよな」

「い、意地悪ですよ」

「自覚してる」

啓史はあっさり認め、母屋の玄関に足を向ける。そのことに沙帆子は驚いた。

「えっ、先生？　こっちから入るんですか？」

「うん？　どうして？」

　どうしてって……

「だって……母屋じゃなくてご両親の家の玄関から入るんだと思ってたから」

「あっちから入ったことは……ああ、前回は、お前と離れ——つまり両親の家の玄関から入ったが……俺はいつもこっちから入ってるんだ」

　啓史はそう言って、ドアノブを掴む。

「ええっ？」

　沙帆子はびっくりして、啓史の腕に手をかけた。

「先生、インターフォンを鳴らさないと」

「インターフォン？　あのな、ここは俺の実家なんだぞ。勝手に入っても構わないだろ」

　それはそうなんだろうけど……いまは、わたしも一緒なんですけど……

　人様の家に、インターフォンを鳴らさずに入るなんてありえない。たとえ、啓史が一緒であってもだ。

「先生は、そうなのかもしれませんけど……」

　納得できずに、もごもご言ってしまう。

「呼び名が『先生』になってるぞ。ちゃんと意識しろ」

「あっ、すみません」

注意されて小さくなって謝る。すると、啓史は困ったように息を吐き出した。

「インターフォンを鳴らすなんて、照れくさいだろ。だいたい、お前だって、もううちの家族なんだぞ。つまり、ここはお前の家でもあるんだ」

「それはちょっと、強引な気がしますけど」

「強引じゃない、事実だ。そしてここには俺の部屋がある。お前は俺の結婚相手なんだから、俺の部屋はお前の部屋でもある。自分の部屋がある家に、インターフォンを鳴らして入るなんて、恥ずかしくて死にそうになるだろうが？」

それは先生だけだ。わたしは家に帰るとき、いつも鳴らしてたもん。

「おい、ずいぶんと不服そうだな？」

唇を突き出していた沙帆子は、啓史の剣呑《けんのん》な声にビビって、唇を引っ込めた。

「だ、だって……」

「いいか。今日、客の顔をして畏《かしこ》まって訪問したら、これからずっとそうなっちまうぞ。それが当たり前になる。違うか？」

「それはそうですけど……」

「よし、それじゃ入るぞ」

啓史は沙帆子が納得したと受け取ったようだ。だが、畏《かしこ》まって訪問しないほうがいいという点に同意しただけで、インターフォンを鳴らさないことに同意したわけじゃない。

啓史がさっさと玄関のドアを開けてしまい、沙帆子は焦《あせ》った。

「やっぱり、インターフォンを鳴らさないと駄目ですよ。順平さんやテッチン先生を驚かせちゃいます」

「驚くわけがないだろう」

「で、でも」

わたしは夫の実家に訪問する嫁の立場なのにぃ……

そんな沙帆子の心情も知らず、さっさと靴を脱いで家に上がった啓史は、「ほら、お前も早く上がれ」と催促《さいそく》する。

「ほんとに、いいんでしょうか？」

「俺がいいと言っている」

居丈高《いたけだか》に言われても……

『ですから、そういうこっちゃないと言ってるんですよ』と、沙帆子は心の中で啓史に噛みついた。

啓史はどうしたのか、眉をひそめて家の中を見回している。

「どうかしたんですか？」

「誰も出てこないからさ……来ることは伝えてあるんだから、気づかないはずはないんだが……」

「ご両親の家のほうにいらっしゃるんじゃ……ああっ、きっとそうですよ。わたしたちは向こうの玄関からくると思ってて……もおっ、だから言ったじゃないですかぁ」

「もう入っちまったんだから、ぐだぐだ言うな」

「だって。先生これからでも、向こうの玄関からお邪魔したほうが……」

「いまさらそんな真似できるか。いいからついてこい」

手を引っぱられ、沙帆子は観念した。啓史の照れくさい気持ちはわからないわけじゃない。

「お、お邪魔します」

ぼそぼそと口にし、沙帆子は上がらせてもらった。

こうなったら仕方がない。帽子を脱ぎながら、沙帆子は腹を括《くく》った。

10 リセット ～啓史～

啓史は、母屋《おもや》と離れを繋ぐ廊下に面するドアを開けた。

沙帆子は落ち着かない様子で、啓史の後ろからついてくる。

廊下の先を窺《うかが》うが、ひとの気配はない。

啓史たちがやってきたことに、誰も気づいていないようだ。

徹はいるはずなのだが……両親の家のほうにいるんだろうか？

順平もきっといると思うのだが……徹から聞いた話では、順平は兄嫁がやってくるので、大はしゃぎしているとのことだったし。

やはり、ふたりとも離れにいるんだろう。

そのとき、沙帆子に服の裾《すそ》を掴まれた。後ろを振り返る。

「なんだ？」

沙帆子が口を開きかけたそのとき、母屋《おもや》のほうから「啓史」という父の声がした。

「父さん。そっちにいたの？」

父に話しかけた瞬間、沙帆子は啓史の服を握りしめていた手を慌てて離した。

宗徳《むねのり》が歩み寄ってくる。沙帆子はそろそろと啓史の横に並んだ。緊張しているようで、身を硬くしている。

「母屋《おもや》から来るかもしれないと思ってな」

「そう。それで徹兄と順平は？」

「あのふたりは、なにやら用事が出来たとかって、三十分くらい前に揃《そろ》って出かけた。だが、昼には戻ってくるはずだぞ」

「ふーん、そう。で、母さんは？」

「もちろんいるさ」

そう言った宗徳は、なにやら思い出したようで苦笑する。

「父さん、どうかした？」

「いや、久美子は、お前たちが母屋《おもや》のほうから来るわけがないと言ってな……」

啓史はくいっと眉を上げた。

「す、すみません」

突然、沙帆子が頭を下げる。啓史は眉をひそめた。

「お前、何を謝ってるんだ？」

そう言うと、沙帆子は啓史を睨《にら》んでくる。

「だから言ったのに」

「はあっ？　なんで責めるように言う？」

沙帆子はぎこちなく啓史に近づき、顔を寄せてきた。

「だ、だから、母屋《おもや》から入ったことですよ。インターフォンも鳴らさずに……」

宗徳の耳に入らないように配慮してか、声を潜《ひそ》めて文句を言う。

「それがなんだってんだ。なんで文句を言う？」

「先生、声が大きい」

「沙帆子さん」

宗徳から呼びかけられ、沙帆子は慌てて姿勢を正す。

「は、はいっ」

恐縮して返事をする沙帆子に、仕方がないと思う反面、苛立《いらだ》ちが湧く。

「そんなに緊張しなくていい」

宗徳は安心させるように言う。普段、愛想のない父親の精一杯の気遣いに、啓史の中の苛立《いらだ》ちが消えた。

親父も、沙帆子にどう接すればいいのか、悩んでいるのかもしれないな。

「それに、啓史なら母屋《おもや》から来るだろうと思っていた。それで私はこっちで待っていたんだ。まあ……本に集中し過ぎて、お前たちがやってきたことにすぐには気づけなかったがな」

宗徳はそう言って苦笑する。

ふむ。そういうことか……

「だから、インターフォンを鳴らすべきだったんですよ」

またもや、沙帆子がこそこそと耳打ちしてくる。

そんなふたりを見つめていた宗徳が、「それにしても……」と口にし、笑いを堪《こら》える。

「父さん、何？」

自分たちを見て笑っている宗徳に、啓史はむっとして問い返した。

「いや……お前は結婚しても変わらないなと思ったんだが、そうでもないな」

楽しそうにからかってくる父親を、啓史は無言で見つめ返した。

すると、宗徳は沙帆子に顔を向けた。

沙帆子がおずおずと口を開く。

「あ、あの……こ、こんにちは。お邪魔しています」

「いらっしゃい。やはり、こいつに苦労させられているようだね？」

宗徳ときたら、まるで同情するように言う。沙帆子は啓史を気にして、目を泳がせている。

「否定はしないよ」

啓史の返事が意外だったのか、沙帆子は驚いた顔でこちらを振り返ってきた。

「どうだ……」

宗徳はそう言い、続きは声に出さずに唇を動かす。その唇の動きに、啓史はうっと喉を詰まらせた。

しあわせか？　と問いかけてきたのだ。

くそっ！　親父の奴。

じわじわと顔が赤らんでくる。

『でも俺は……彼女と一緒にいられたら、……しあわせでいられる』

あんなこと言わなきゃよかった。だが、あの言葉が親父の心を動かし、親父は沙帆子との結婚を許してくれたのだ。

気まずそうに顔を赤らめている啓史を見て、宗徳は楽しそうだ。啓史は、驚きの表情でこちらを見ている沙帆子を、じろりと睨《にら》んだ。

「さあ、早く久美子に顔を見せてやってくれ。あいつは今日を待ちわびていたからな」

息子の狼狽《ろうばい》ぶりを充分に楽しんだのだろう。宗徳はさっさと話題を変えた。

「わかった」

ぶっきら棒に返事をし、啓史は沙帆子の手首を掴んだ。

「行くぞ」

沙帆子を引っ張るようにして、離れに入る。

「お袋」

呼びかけたが、返事がない。声が届かないのか？

「お袋、リビングかな？　それとも、キッチン？」

啓史は父親を振り返って尋ねた。

「たぶんリビングだろう」

頷《うなず》いた啓史は、沙帆子を連れてリビングに向かった。だが、リビングに人気《ひとけ》はない。キッチンのほうも確認したが、久美子の姿はなかった。

啓史は眉を寄せた。

「いないぞ。どこ行ったんだろう?」

「おかしいな」

宗徳もわからないらしく、首を傾《かし》げている。

「ソファに座ってくつろいでいれば、そのうち戻って……ああ、そうか」

宗徳は、何かに気付いたようだった。

「父さん?」

「たぶん、そろそろ来る頃合いだろうと、外に出て待っているんじゃないか」

「あ」

声を上げた啓史は、顔を歪《ゆが》めた。

本当に外に出て俺たちを待っているとしたら、まずいな。

「私が見てこよう」

「いや」

玄関に向かおうとする宗徳を、啓史は引きとめた。

「啓史?」

「俺が行くよ。沙帆子、お前はソファに座って待ってろ」

「わたしも行きます」

急いでリビングを出ようとしていたら、沙帆子が追ってきた。

啓史は頷《うなず》き、沙帆子とともに玄関に向かう。

「先生、靴を持ってこないと」

「これを借りるさ」

啓史は父親の履物《はきもの》を出し、それを履《は》く。

「けど……わたしは?」

「ちょっと待て」

手を上げて沙帆子を制し、啓史はドアの覗《のぞ》き穴から外を覗《のぞ》いてみた。

あっ、やっぱりか……

そわそわしながら、久美子は門のほうを見ている。

顔が歪《ゆが》んだ。いまここを出て、『お袋』と呼びかけるのは……

啓史はゆっくりと沙帆子を振り返った。

なんとも気まずい。こいつは俺に、こちらの玄関から入るべきだと忠告してくれたのに……

反省しても、いまさらか……だが、どうする?

「あの……どうでした?」

その問いかけに、啓史は無言で頷いた。彼の言いたいことを察したらしい沙帆子は、「どうします？」と聞いてくる。

そうだな……ここはもうリセットするしかないな。

「ごめん。戻ろう」

それだけ告げ、啓史は沙帆子を連れて、いったん父親の待つリビングに戻った。ありがたいことに沙帆子は黙ってついてきてくれる。

リビングのドアを開けた啓史は、宗徳に声をかけた。

「悪い、父さん。俺たちがこっちからやってきたこと、お袋には内緒にしといて」

眉を上げた宗徳は、小さく笑い、「わかった」と頷《うなず》く。

啓史は沙帆子の手を取り、急いで母屋《おもや》に引き返した。

「先生」

母屋《おもや》に入ったところで沙帆子に呼びかけられ、啓史は足を止めないまま後ろを振り返った。

「うん？」

突然、沙帆子にぎゅっと抱きつかれる。

「なっ！　ど、どうした？」

「な、なんでもなくて……」

そう涙声で言いながら、沙帆子は鼻を啜《すす》っている。

「なんで泣いてる？」

啓史を見つめていた沙帆子は、首を横に振り、にっこりと微笑んだ。

「先生、お母さん待ってますよ。早く行きましょう」

沙帆子は啓史の手を取り、促《うなが》す。

さっぱりわけがわからなかったが、啓史は沙帆子に引っ張られるまま玄関に急いだ。

11　少しずつ、心に　～沙帆子～

母屋《おもや》の玄関まで啓史を引っ張る沙帆子の胸に、熱いものが込み上げてきていた。

先生、わたしたちがやってくるのを、いまかいまかと待っているお母さんを見たんだ。それで……

母親思いの啓史に感動してしまい、思わず抱きついてしまった。

意固地《いこじ》で困ったところもある先生だけど……ううん、そういう部分も全部ひっくるめて、好きで堪《たま》らないんだよね。

玄関で靴を履《は》き、ふたりは外に出た。沙帆子はちゃんと帽子を被った。

黙ったまま歩き、両親の家に近づくと、先を歩いていた啓史が立ち止まる。

こちらに振り返った啓史は、なんとも微妙な表情だ。

「先生？」

「なんか、やってられねぇな」

啓史は独り言のように口にし、ため息をつく。

「せ……」

呼びかけようとしたら、口に手のひらが当てられた。間を置かず、啓史が耳元に口を寄せてくる。

「いいか、普通に歩くんだぞ」

命じるように言う。

耳たぶに息がかかり、肌が粟立《あわだ》つ。自分のそんな反応が恥ずかしく、沙帆子は目を伏せて頷《うなず》いた。

「挙動不審になるなよ」

うっ！　それは難しいかも。

「がっ、頑張ります」

口を塞《ふさ》がれたまま、沙帆子は拳《こぶし》を固めて宣言した。

すると啓史がピクンと肩を揺らし、彼女の口を塞《ふさ》いでいた手を焦《あせ》って引っ込める。

「お、お前な、考えて口にしろよ！」

叱られて、沙帆子は憤慨《ふんがい》した。

「何がですか？　わたしは頑張りますって言っただけで……」

「そうじゃない！　唇が手のひらに触れた。お前がしゃべるから、妙な振動が伝わってきたんだぞ」

そんなこと、わたしのせいじゃないし……口を塞《ふさ》いできたのは先生のほうだ。なのに叱られるなんて……

そんなの知りませんよ！　と、言い返してやりたかったが、そんな生意気な口をきいたりしたら、いたぶり決定だろう。

「早く行きましょう。先生のお母さんが待ってますよ」

そう言うと、啓史はむっとした顔を向けてくる。

「わかってるさ。だが……なんとなく……わかるだろ⁉」

啓史は最後にいくぶん声を荒らげる。

やれやれ、先生ってば……でもまあ、決まりが悪いんだろうし、仕方ない、ここはわたしが……

沙帆子は啓史の手を握り、彼を引っ張って歩き出した。

「お、おい」

「もおっ、四の五の言わずに、先生は黙ってついてくればいいんです」

沙帆子はさっさと歩き、啓史の両親の家に向かう。彼は観念したのか、おとなしくついてくる。

門のところまで来たら、「あらっ」という声が聞こえた。もちろん久美子の声だ。

「ふたりとも、いらっしゃい。早かったじゃない」

こちらに駆け寄ってきながら、嬉しそうに久美子が言う。

「ああ」

啓史はそっけなく答えた。

ここまでの経緯を知っている沙帆子としては、この啓史の態度も笑えてならない。けれど、ここで笑うわけにはいかない。笑ったとバレたら、あとで報復《ほうふく》を受けるに決まっている。

「さあさあ、早く入って」

手招きされて、ふたりは離れの家の敷地に入った。

「もちろん車で来たんでしょ？　どこに停めたの？」

「母屋《おもや》の駐車場だけど」

「あら、あっち、空《あ》いてた？」

「空《あ》いてたけど……なんで？」

「徹ちゃんが車を停めてたんだけど……ああ、あなたたちが来るから、工場のほうに移動してくれたのかしらね？」

「父さんの話じゃ、三十分くらい前に、ふたり揃《そろ》って出かけたらしいよ」

その啓史の言葉に、沙帆子は「あっ」と反射的に小さな叫びを上げてしまった。沙帆子の叫びに、啓史もハッとしたようにこちらを見る。彼らしくない失言だ。父親と話したことが、バレてはまずいのに……

そんなふたりの反応に、久美子は戸惑った顔をする。

「ふたりとも出かけたって……ほんとに？」

「あ、ああ、うん。昼には帰るらしいけど」

「そうなの。あら、でも啓史さん、あなた、どこで宗徳さんと話したの？」

そう突っ込まれ、啓史はひどく気まずそうだ。

けれど久美子は、納得したように「ああ、わかったわ」と言う。

「宗徳さん、あなたたちが駐車場に停めてる時に、気づいて出てきたんでしょう？　母屋《おもや》から入ってくるかもしれないって、あのひとってば向こうに行ってたのよ」

「うん、聞いた」

啓史は落ち着かなそうに返事をする。もちろん沙帆子も落ち着かない。

「あなたたちは、絶対こっちの玄関から来るに決まってるって、わたしは言ったんだけど」

うわーっ、そんな風に言われたら、どんな顔をしていいやらわからないんですけど……

もじもじしていると、啓史がちらりとこちらを向く。その行動に、沙帆子はビクリとした。

先生、い、苛立《いらだ》ってるの？

だが、苛立《いらだ》っている様子はなかった。啓史は視線を泳がせ、「母さん」と呼びかけた。

「なあに、啓史さん」

「ごめん」

啓史は軽く頭を下げた。唐突な謝罪に、久美子がきょとんとする。

「えっと……どうしたの？」

「実は、最初、向こうから入った。でも、こいつに母屋《おもや》から入るなんておかしいって諭《さと》された。それで、改めてこっちから来たんだ」

実際は、中の通路を通ってこちらまでやってきたわけだが……さすがに、玄関の覗《のぞ》き穴から母の姿を確認したとは言えないだろう。でも、こういう彼はとても好ましい。

「まあ、そうだったの？」

久美子は沙帆子に問い返してきた。

沙帆子は啓史の言葉をしっかり肯定しようと、力強く頷《うなず》く。

「ふふ。……うまくやれてるみたいね」

啓史と沙帆子を交互に見ながら、久美子が言う。

ふたりは、ぎこちなく視線を合わせた。啓史もそうだろうが、こういう言葉をかけられると、どうにも気恥ずかしい。

そんなふたりの反応に、久美子は嬉しそうな顔をする。

「さあ、とにかく入りましょう」

久美子に促《うなが》され、三人で玄関に向かう。

「それにしても、徹ちゃんと順ちゃん、出かけたなんて……いったいどこに行っちゃったのかしら？」

啓史は「さあな」と答え、玄関ドアを開けた。

「あなたーっ！」

玄関に入ってすぐ、久美子は大きな声で宗徳に呼びかける。宗徳はすぐに姿を見せた。

「ちゃんと言ったから」

宗徳が何か言うより先に、啓史は言う。宗徳は苦笑しつつ「そうか」と答えた。

「言ったって、なんのこと？」

「もちろん、母屋《おもや》に先に行った話さ」

啓史が淡々と告げる。

「ああ」

久美子は納得して、次に沙帆子に声をかけてきた。

「沙帆子さん」

「は、はい」

思わず焦《あせ》ってしまう。

「啓史さんは素直じゃないから、何かと大変でしょうけど……理解してあげてね。それで、困ったことはない？」

「母さん」

啓史がむっとした顔で母に声をかけると、今度は宗徳が「啓史」とたしなめるように呼びかけた。啓史が口を噤《つぐ》む。

宗徳は久美子に向かって口を開いた。

「久美子、話は座ってからでいいだろう？」

「その通りね」

久美子は小さく舌を出す。おちゃめな仕草《しぐさ》に親近感を覚え、沙帆子は自然と肩の力を抜いた。無意識のうちに緊張して力《りき》んでいたようだ。

家に上がらせてもらい、内装をゆっくりと眺める。

先生のご両親の家、こんなだったんだ。

結婚の報告をするために初めてここを訪れたときは、まるで心に余裕がなかった。いまは、あのときよりは余裕がある。

沙帆子は横に並んで歩く啓史をそっと窺《うかが》い、しあわせを噛みしめた。結婚は現実になり、わたしはこうして先生の隣にいる。そのことを、前よりは実感できてると思う。

こんな風にして、少しずつ現実を受け入れていけばいいのだろう。

12 乗れない案　～啓史～

「聞きたいことがいっぱいあるのよ」

久美子は飲み物を出すと夫の隣にいそいそと座り、さっそくとばかりに話を切り出してきた。

「学校のほうはどう？　本当に大丈夫なの？」

「ああ、いまのところ、問題なく過ごしてる」

実のところ問題は山積みだが、正直に伝えて、わざわざ心配させることもない。久美子に話したところで問題は解決しないのだ。

「あら、そう？」

久美子が意味ありげに聞き返してきたので、啓史は眉を寄せた。

「うん？」

「色々聞いてるけど」

そうか……すでにあちこちから情報が入っているのか……

「それって幸弘さんたちから？　水曜日、幸弘さんたちにここに来てもらったんだって？」

「ええ、そうなの。楽しかったわよぉ。今度はあなたたちも一緒に……」

「そうだな。来月辺りでも、幸弘さんたちの都合がつけば……」

前向きにそう答えたら、久美子は嬉しそうに顔をほころばせる。

「引っ越し先にも遊びに行かせてもらうことになってるの。春休み中は、さすがにご迷惑かしらね？」

久美子は沙帆子に聞く。

「迷惑なんて……」

「母さん」

啓史はふたりの会話に割《わ》って入った。

「こいつに聞くなよ。たとえ迷惑だったとしても迷惑ですなんて言えるわけないんだから。俺が幸弘さんたちに直接聞いとくよ」

「先生、そんなことは」

「啓史だろ」

すかさず突っ込み、ついでに沙帆子の額をパチンと弾く。

まったく学ばない奴だな。いくら口を酸《す》っぱくして言っても、先生呼びが抜けないのだから、困ったものだ。

額を弾かれた沙帆子は、びっくりしたのか、大きく後ろにのけぞった。

それを見て、久美子がくすくす笑い出す。

「もおっ、ふたりとも可愛いわねぇ。ラブラブね♪」

母親のラブラブ発言に、啓史は顔を歪《ゆが》めた。

まったくお袋ときたら、事あるごとにその台詞《セリフ》を口にするんだから、参る。

文句を言ってやろうとしたら、父が「啓史」と呼びかけてきた。

「久美子はからかっているだけだ。ここで怒ったら負けだぞ」

笑いを堪《こら》えつつ諭《さと》され、啓史は仏頂面《ぶっちょうづら》で黙り込んだ。久美子は小さく舌を出している。

「で、話を戻すけど、指輪のことで騒動になったんですって？」

「それは、誰から聞いたの？　伯父さん？」

「兄さんと芙美子さんたちからよ」

「なら、俺からわざわざ聞く必要もないだろ？」

からかわれた啓史は根に持って、嫌味っぽく言う。

「兄さんから聞いた話じゃ、とんでもない大騒ぎになったらしいけど、本当のところはどうなの？」

お袋ときたら、俺の発言は無視かよ。

「ま、まあ、そうです」

むっとして答えないでいたら、沙帆子が代わりに答える。

「いったいどんな騒ぎになったのか、詳しく聞かせてくれ」

今度は宗徳が、啓史に尋ねてきた。

「詳しい話を聞く必要ある？」

どのみち、学校内でのことだ。両親に話したからといって、事態が好転するわけでもない。

「やっかいな事態になっては困る。しっかり聞かせてもらっておいたほうが安心だ。とにかく、お前は、結婚したことを学校関係者に公表したわけだな？」

どうあっても聞き出すつもりらしい。啓史はため息をつき、「もちろんしたさ」と答えた。

結婚を公表したあとの一連の騒動を思い出すと、腹が立ってくる。さんざん理不尽な目に遭《あ》ったのだ。

「それで、どうして騒ぎになったんだ？」

「それについては、俺が聞きたいくらいだよ」

「うん？　どういうことだ？」

「結婚したことを伝えたら、なぜか騒ぎになって、それが収まらないから、指輪を外せと言われた。そんなの、父さんもおかしいと思うだろう？」

「確かにそうだな」

宗徳の同意に、ようやく話のわかる相手に出会えたと思い、嬉しくなる。

「だがお前のことだ、外さなかったわけだな？」

愉快そうに聞かれ、啓史は口ごもった。外すわけないだろと言いたいところだが……沙帆子に説得されて、一度外してしまったのだ。

あのときはそうするのがいいと思ったのだが、思い返すと自分が負けたようで面白くない。

「うん？　まさか外したのか？」

意外そうに言われて、渋い顔になってしまう。

「……その……こいつが」

啓史は沙帆子をちらりと見る。啓史に視線を向けられた沙帆子は、慌てて背筋を伸ばした。

「沙帆子さんが？」

「外したほうがいいって言ったもんだから……まあ、そのときは外してやった。けど、それも職員会議の間だけだから」

言い訳するように言ってしまい、そんな自分が嫌になる。

「まあっ」

久美子が瞳を輝かせて叫び、沙帆子と啓史を交互に見る。

お袋、いったい何を喜んでんだ？　また、ラブラブとか言い出さないだろうな？

「ら……」

「やめておけ」

啓史の気持ちを慮《おもんぱか》ってくれたのか、宗徳は久美子の言葉を遮《さえぎ》った。

「あらぁ、駄目？」

「ああ」

宗徳に止められ、久美子はつまらなそうな顔をする。やれやれ……

まあ、またしてもラブラブ発言をされていたら、俺は間違いなくキレてたな。

「啓史、その騒ぎとやらは、そろそろ収まりそうなのか？」

「もちろん収まるさ。だいたいこんなことで騒ぐほうがおかしいんだからな」

「でも……考えたらちょっと変よね。突然の結婚だったにしろ、どうして教師が結婚したからって騒ぐのかしら？　結婚禁止なんて決まりがあるわけでもないし」

久美子の言葉に、啓史は我が意を得たりと勢いづいた。

「だろう？」

「兄さんは、『啓史は俺に似て男前だからだ』なんて言ってたけど、ふたりは全然似てないわよ」

啓史は思わず噴き出した。伯父さんの言いそうなことだ。

「沙帆子さん、具体的にどんな騒ぎになっているのかな？」

宗徳はなぜか沙帆子に尋ねる。

沙帆子は宗徳が相手だとひどく緊張してしまう。啓史は気になって彼女の様子を窺《うかが》った。沙帆子は姿勢を正して、宗徳に向き直る。

「はい。あの……もう色々な噂が飛び交って」

「噂？　どんな？」

興味津々に、久美子が口を挟む。

「その……結婚は嘘だって思っているひとも、案外多いみたいです」

沙帆子の言葉に啓史は眉を寄せた。

「嘘？」

きょとんとして久美子が聞き返す。

「どうしてなの？　結婚指輪をしてて、みなさんに啓史さん本人が結婚したって報告したのに、なんで嘘だなんて？」

さっぱり意味がわからないというように、久美子は首を捻《ひね》っている。啓史だって同感だ。

本人の俺が結婚したと言っているのに、なぜ嘘だと思うんだ？

かと思えば、深野の恋人の白井《しらい》が俺の結婚相手だという噂まで出回ってるし……

「沙帆子さん、あなたはわかる？」

久美子は、沙帆子に理由を尋ねる。

「やっぱり、結婚相手のことをはっきりさせないことが原因なんだと思います」

「まあ、それはそうかもしれないわねぇ」

久美子は納得したように相槌《あいづち》を打った。

「でも、結婚は嘘でも、恋人がいるのは本当なんじゃないかって……。まあ、みんなそれぞれに解釈しているみたいです」

みんなそれぞれ？　沙帆子は俺の耳には入ってこない噂も聞いていたりするんだろうな。どんな噂が飛び交っているのか、もっと詳しく聞いとくべきだったかもしれない。

「相手が沙帆子さんではないかという疑いは、ほんのわずかでも、もたれていないのか？」

「それはまったくない」

啓史はきっぱり言った。そうでなければ困るのだ。

「そうか。ならいいが。それで、結婚した事実を知っているのは、式の参加者だけなんだな？」

その問いに、啓史は言葉に詰まった。啓史の反応に、宗徳が眉を寄せる。

「啓史？」

啓史は仕方なく口を開いた。

「校内で、沙帆子の味方になってくれそうな生徒、ふたりには話した。それと、芙美子さんの母……」

「芙美子さんのお母様に伝えたことは、わたしも芙美子さんから聞いたわよ」

「そう」

「啓史、その生徒は信用が置けるんだな？」

厳しい口調で問われ、啓史は頷《うなず》いた。

「ああ、充分信用の置ける奴らだ。彼らは、我が校の生徒会長と副会長なんだ」

「ほお」

「あっ、このことは伯父さんには言ってないから」

「あら、そうなの？」

「誰にも言うなと釘をさされたもんでね。言い出しづらくてまだ伝えてないけど……いずれ伯父貴には、俺からちゃんと伝えるから」

「そうか……」

「そうそう、兄さんたち、沙帆子さんの部屋を用意するんですってね。沙帆子さんが本当に自分の家に下宿しているように見せるんだとかって、言ってたわ」

「ああ、そういうことになった。カモフラージュできていいんじゃないかって、俺も思ってる」

「まあ、それはそうでしょうけど……でも、それならここでもよかったんじゃない？」

「ここじゃ……」

否定しようとすると、久美子はなおも食い下がる。

「だって、芙美子さんとわたしは長年の友達で……榎原《えのはら》さんとは家族ぐるみの付き合いをしてて、啓史さんと沙帆子さんも親しくて、勉強も教えてたってことにしたのよ。それなら、ここに下宿したっておかしくないでしょう？」

「いや、ここは駄目だ」

「あら、どうして？」

「俺は表向き、実家に住んでいることになってるからさ。沙帆子がここに下宿するってことにしてしまったら、俺と同じ家に住むことになる」

「そうだな。沙帆子さんの表向きの下宿先は、橘の義兄さんのところが最適だろう」

宗徳がきっぱりと言い、久美子は肩を落とす。

そんな久美子を見て、どうにも戸惑う。

実際に下宿するわけでもないのに……お袋ときたら、どうしてがっかりするんだろうな？

「それで、お前の結婚相手は誰なんだ？　という話になったんじゃないのか？」

「もちろんなったさ」

「まあっ、それでどうなったの？」

話題が変わり、不服そうだった久美子も話に食いついてきた。

「言うわけないだろ？」

「でも、内緒にされると、みんな知りたがるんじゃないの？」

「そのうちみんな興味をなくすさ。俺の結婚相手のことでワーワー言ってるのも、いずれ馬鹿らしくなるに決まってる」

「それもそうね。新学期が始まる頃には、騒ぐ人もいなくなりそうね」

「ああ、そうなると思うよ」

新学期になれば、もっと落ち着いた学校生活を送れるようになるだろう。

「啓史」

急に宗徳が声を落として呼びかけてきた。

「何？」

「お前、軽く捉《とら》え過ぎていないか？」

「軽く？　そんなことは……」

「なぜ騒ぐのか理由など考えても意味はない。ここで問題視すべきは、実際騒がれているということだ。お前は、すでに困るほど注目されてしまっている」

宗徳のもっともな指摘に、いらっとする。同時に今の理不尽な状況にますます腹が立ってきた。

俺のことなんて、放っておいてくれればいいものを……

「結婚した相手が沙帆子さんでなければ、いくら騒がれようが、いくら注目されようが、どうということはない。だが、お前の結婚した相手は、周りに絶対に知られてはならない相手なんだぞ」

「わかってるさ。だから、知られないように細心の注意を……」

「できているか？　お前はすでに、ふたりもの生徒にバラしてしまっているんだぞ」

「それは、あいつらが信用できると思ったから……」

「いくら信用の置ける人間であっても、うっかり口を滑《すべ》らせることはある」

反論できず、啓史は黙り込んだ。

「沙帆子さんの友人のふたりに知られていることだけでも不安だと、私は思っていた」

「父さん、いまになって、そんなことを言うなよ」

そんなことを言っては、沙帆子が……

心配になって沙帆子を見ると、表情を硬くし、唇を噛み締めている。

「もちろん、彼女たちを信用できないと思っているわけではないぞ」

宗徳が話し出し、沙帆子に声をかけようとしていた啓史は、タイミングを逃してしまった。

「沙帆子さん、わかってくれるかな？」

「は、はい。あのっ……すっ、すみません！」

突然、沙帆子が勢いよく頭を下げて謝罪し、啓史は驚いた。

「沙帆子？」

「広澤《ひろさわ》君に結婚したことをバラしたのはわたしなんです。それも、先生に相談もせずに……わたしの独断で……ごめんなさい」

いたたまれない様子で深々と頭を下げる沙帆子を見て、啓史は困惑した。

「何を言ってんだ。広澤に俺たちのことをバラしたのは、この俺だぞ」

そう言うが、沙帆子は沈痛な面持ちで首を横に振る。

「広澤君は、結婚したとは信じ切れずに、付き合っているだけだと思っていたんです。なのに、わたしが……」

「理由があってだろう」

啓史はそう言葉をかけた。

「……先生」

啓史は「わかってる」と言って頷《うなず》き、言葉を足す。

「結婚を信じたかどうかは関係ない。ふたりの関係を話したのは俺なんだ。だからお前が気にすることじゃない」

「……でも、やっぱり、わたしは軽率だったと思います。すみませんでした」

沙帆子は宗徳と久美子に向けて、再び頭を下げる。

そんなに頭を下げる必要はないと言いたかったが、啓史はそうする代わりに、自分も頭を下げた。

「俺も気をつける。軽率な判断で、今後誰かに洩らすようなことは絶対にしないから」

「宗徳さん、もう起こってしまったことをとやかく言っても始まらないわ。問題はこれからでしょう？」

それまで黙って聞いていた久美子が、そう言葉を挟んできた。

「そうだな。とにかく今後は、これまで以上に気をつけろ。知る者が増えれば、それだけ危険が増すんだからな」

宗徳の言葉に心がざわつく。

森沢《もりさわ》と広澤に話すべきではなかったのかもしれないという思いが強くなる。特に、広澤に沙帆子との関係をバラしたのは、啓史のエゴだ。沙帆子はもう俺のものだと、あいつに知らしめてやりたくて……

口の中に苦いものが湧く。

「ふたりとも、とにかく大袈裟《おおげさ》だと思うくらい注意しろ。油断すると痛い目に遭《あ》うぞ」

宗徳の言葉は、胸に鋭く響いた。

俺、甘かったな。俺が結婚したくらいのことで、なんで騒ぐんだとムカつくばかりで……バレたら困る立場にいるくせに……

いや、だからムカついていたんじゃないのか？　騒がれるたびに不安を掻《か》きたてられて、それで苛立《いらだ》っていたんじゃないのか？

「もっと注意するよ。自分が油断したせいで、沙帆子を辛い目に遭《あ》わせてしまったら、悔《く》やみきれないからね」

「ああ」

「わっ、わたしも、これからはもっともっと注意します」

宗徳は瞳に安堵《あんど》の色を浮かべて、沙帆子に微笑む。それを見て胸がひりついた。

俺が我《が》を通したせいで、みんなに心配をかけちまってんだよな。

我《が》を通すのなら、その責任を負う必要がある。俺はもっとちゃんとすべきだ。

「沙帆子さん、きついことを言い過ぎたかな？」

考え込んでいた啓史の前で、宗徳が申し訳なさそうに言う。

「い、いえ……だっ、大丈夫です」

彼女はひどく顔を強張《こわば》らせ、宗徳に答えた。

「沙帆子」

「ふたりの生活を守るためだもの。沙帆子さんはちゃんと頑張れるわ。ね、沙帆子さん？」

久美子が、沙帆子の気持ちを代弁するように声をかける。

「はい」

沙帆子は笑みを浮かべたが、無理をしているようにしか見えなかった。

「学校には、啓史さんの車で一緒に行っているんでしょう？　そっちは本当に大丈夫なわけ？　兄さんは、それをひどく心配してたけど」

久美子に問いかけられ、啓史は沙帆子の様子を気にしつつも、頷《うなず》いた。

「見つからないように充分気をつけているし、これからも気をつける」

「兄さん……橘の果樹園の家……あそこに住まわせるのがいいんじゃないかって言ってたわ」

「俺も言われたよ」

「それで、どうするの？」

久美子は瞳を輝かせながら聞いてくる。どうやら、果樹園の家に住むほうを勧めたいらしい。果樹園の家はここから近いからだろう。

「まあ……選択肢のひとつに入れておこうとは思ってる」

「学校に通うのはラクになるだろうが、学校の近くに住むことになると危険が増すだろうな」

宗徳の意見に啓史は頷《うなず》いた。

「だよね。結局、一長一短《いっちょういったん》なんだよな」

「ねぇ、沙帆子さん、あなたの意見はどうなの？」

啓史では駄目だと思ったのか、久美子は沙帆子の意見を聞くことにしたようだ。

「わ、わたしですか？　わたしは……先生の決めたほうに従います」

「あら、それでいいの？」

「はい。それでいいです」

それは俺に遠慮して言ってるんじゃないよな？

これについては、今夜にでも、沙帆子の本心を聞いてみたほうがいいな。

「果樹園の家だと、ここからも近くなるから、夕食を気軽に食べに来られるわよ。沙帆子さんも夕食を作らずにすむから、ラクになっていいんじゃないかしら？」

沙帆子は返事に困っている。それはそうだろう。俺が母親の手料理の甘さに困らされていることを、こいつは知っているんだからな。

「一案として頭に入れとくよ」

啓史は口を出した。

母には悪いが、夕食を食べに来るという案には乗れない。

とはいえ……期待をあっさり潰すのも、母が可哀相な気がしてしまう。

「ええ。絶対、近くに住んだほうがいいわよ。いまよりずっと助けてあげられると思うのよ。ほら、榎原さんたちがこちらに戻られたときに、あなたたちと一緒にここに泊まっていただいてもいいし」

「ありがとうございます」

沙帆子が笑みを浮かべて頭を下げる。

久美子の申し出は、沙帆子にとって嬉しいものだったらしい。彼女が迷惑に感じていないことに、啓史はほっとした。

「ねぇ、ところで筍《たけのこ》は？」

いま思いついたというように、久美子が聞いてくる。おそらく芙美子の父親にもらったという話を聞いたのだろう。

「筍《たけのこ》のこと、芙美子さんに聞いたの？」

「ええ、そうよ。昨日は、芙美子さんと幸弘さんの実家に行ったんですってね？」

「全部筒抜けなんだな」

啓史は笑いながら言った。だが、仲が良いのはいいことだ。

「母さんたちが、気が合うようでよかったよ」

「ふふ。もっと早く仲良くなりたかったわ。……ああ、それで筍《たけのこ》は？　まさか、忘れてきちゃったんじゃないでしょうね？」

「ちゃんと持ってきました。ねっ、先生？」

「先生じゃない！」

ぺちんと沙帆子の額を叩いて注意し、啓史は母に向き直る。

「トランクに入ってる」

「それじゃ啓史さん、いますぐ取ってきてちょうだい。早く茹《ゆ》でないと味が落ちちゃうわ」

「わかった」

啓史は立ち上がり、すぐに母屋《おもや》に向かった。

13　ベッドの上で　～沙帆子～

ああっ、行っちゃった。

啓史が行ってしまい、沙帆子は閉じられたドアを恨《うら》めしげに見つめた。

わたしも一緒についていきたかったのに……けど、ついていくとは言い出しづらかった。

だって、車まで筍《たけのこ》を取りに行くだけのことなんだもの。

宗徳の言葉に、正直気分が落ち込んでいる。

宗徳の苦言を真剣に受け取らなければならないのは、啓史よりも沙帆子のほうだろう。

広澤のことについては、本当に反省した。啓史は庇《かば》ってくれたけれど、自分勝手な判断で、結婚したことを告げたりするべきではなかったのだ。宗徳が言ったように、大袈裟《おおげさ》だと思うくらいの注意が必要だし、油断してはならない。

ずっと浮わついていた。結婚したことが夢みたいで……いま、自分がどうするべきかなんて真剣に考えてなかった。

親友の千里《ちさと》も口を酸《す》っぱくして、もっと気をつけろと言ってくれていたのに……

佐原先生の結婚相手がわたしだと話したところで、誰も信じないだろうっていう気持ちのほうが強くて……

「沙帆子さん」

ドアを見つめて考え込んでいた沙帆子は、その呼びかけにハッと我に返った。

「は、はい」

返事をしたところで、久美子に腕をがっちりと掴まれる。

へっ？

改めて久美子を見ると、しめしめと言わんばかりの笑みを浮かべていた。

「さあ、いまのうちよ、こっちにきて」

えっと……なんなの？

いまのうち？

「あ、あのぉ？」

「いいから、いいから。さあ、さあ」

ぐいぐい引っ張られて立ち上がると、そのままリビングから連れ出される。

沙帆子は困惑しながら、久美子についていった。

「入って、入って」

沙帆子はある一室に押し込まれた。

なぜ久美子がこんなにも焦《あせ》っているのかわからないが、釣られてこちらまで焦《あせ》ってしまう。

いったいどうし……うん？

部屋を目にした沙帆子は、パチパチと瞬《まばた》きした。

うわーっ！　なんて可愛い部屋だろう！

沙帆子の目は、この部屋のかなりのスペースを占めている大きなベッドに釘付けになった。

なんと、天蓋《てんがい》付きだ。す、凄いかも。このベッドを筆頭に、この部屋全部が凄い！

ラグもカーテンもピンク色で、ふたりがけの淡い桃色のソファがあり、その上にはレースでふちどられた明るいピンクのクッションが二個と、ニンジンを手にしている可愛らしいうさぎのぬいぐるみがちょこんと置いてある。

ソファ以外の家具は、淡いグリーンで統一されていた。

まさにお姫様の部屋って感じだ。

この家にこんな部屋があったとは……びっくりしちゃったけど、外観からして可愛い家なんだもの、こういう部屋があっても不思議じゃないか……

沙帆子はソファに座っているうさぎを見つめて微笑んだ。マンションでお留守番をしているでかうさが思い浮かぶ。

でかうさも、ようやく自分の居場所を与えてもらえたけど……きっと、こういう部屋のほうが、居心地がいいんだろうな。

「そのうさちゃん可愛いでしょ？　沙帆子さん、気に入った？」

背後から沙帆子の肩に手を置いた久美子が、顔を覗《のぞ》かせて聞いてきた。久美子は瞳をキラキラさせて、沙帆子の答えを待っている。

気に入ったかと聞くということは……このうさぎのぬいぐるみは、わたしにってことなのかな？

「は、はい。とっても可愛いです」

思わずそう返事をする。

「そう、よかったわぁ」

両手を口元のところでぴたりと合わせ、安堵《あんど》したように久美子が言う。

「え、えっと……あの？」

「家具はピンクにできなくて……ほんとは全部ピンクで統一したかったんだけど……」

「そ、そうなんですか？」

口には出せないが、全部ピンクにしなくてよかったんじゃないかと思う。さすがに全部ピンクでは、甘ったる過ぎるだろう。

「ねぇ、沙帆子さん」

「はい」

「もうわかってると思うけど……似てるでしょ？」

に、似てる？

なんのことを言われているのかわからず、戸惑っていると、久美子はベッドに歩み寄った。

「家具屋さんにこれが置いてあって、目にした途端、あそこのベッドにそっくりだったから、即決しちゃった」

そう言われて思いつくのは……あれしかない。結婚式の夜に泊まったお城のような外観の建物。あそこの寝室のベッドは……なるほど、このベッドに似ている。

だけど色は違う。あのベッドは白だった。

「ここ、沙帆子さんの部屋として使ってちょうだいね」

沙帆子は戸惑った。

「わ、わたしの部屋？」

「もちろん、ここに啓史さんも泊まっていいのよ。ほら、ベッドはセミダブルでしょ？」

ああ、そうか、わかった。つまりお義母さんは、建前《たてまえ》だけ、わたしの部屋ってことにしたいんだ。

こんな可愛い部屋、先生が受け入れるはずないから……

久美子の気持ちを理解して、笑いが込み上げてしまう。

部屋の三分の一ほどを占めている大きなベッドに、沙帆子は改めて視線を向けた。久美子が沙帆子の隣に並ぶ。

「ほんとはね」

内緒話をするように、久美子は沙帆子に囁《ささや》いてきた。

「ベッドカバーも手作りにしたかったんだけど……昨日の今日ではさすがに間に合わないから、残念だけど諦めたの」

「は、はあ」

「でもね」

久美子はソファの上のクッションを取り上げて、沙帆子に見せる。

「これだけは作ったの。沙帆子さん、どうかしら?」

えっ！　それじゃ、お義母さん、昨日の今日で、これをわたしのために作ってくれたってこと?

「可愛いです！　とっても！」

久美子の気持ちが嬉しくて、自然と声が弾む。

凄く手が込んでいる。先生のお母さん、ほんと手先が器用なんだなぁ。感心してしまう。

「……ありがとう、沙帆子さん」

久美子はクッションを胸に抱え、目を潤《うる》ませた。

「お礼を言うのは、わたしのほうです。お義母さん、ありがとうございます」

お辞儀をして顔を上げたら、久美子が目頭を押さえていて、沙帆子は胸がいっぱいになった。

「あーっ、なんかじっとしてられないわぁ」

久美子は嬉しそうに叫び、身体を左右に揺らして喜びを表す。

身体中から喜びを発散しているような久美子を見て、沙帆子は微笑んだ。

「おい」

突然聞こえた声に、どきりとして振り返る。

啓史がドアの近くに立っている。どうやら母屋《おもや》から戻ってきたらしい。

「あら、啓史さん、筍《たけのこ》は？」

久美子が早口に問うが、その声には明らかに動揺が滲《にじ》んでいた。

「キッチンに置いたけど」

「ああ、ありがとう。それじゃ、さっそく湯がこうかしら」

久美子は急いで啓史の脇をすり抜けようとする。だが、啓史はさっと手を伸ばし、その行く手を遮《さえぎ》った。

「お袋？」

「あ、あら……啓史さん、なあに？　早くしないと筍《たけのこ》が……」

「な、何かしら？」

久美子は仕方なさそうに聞き返す。

「この部屋、何？」

「な、何って……」

「ここ、こんな部屋じゃなかったよね？」

「沙帆子さんの部屋に……ね、したの」

「こいつの部屋？　そんなもの必要ないだろう？　俺の部屋が母屋《おもや》にあるのに」

「あそこのベッドはシングルなのよ。ふたりで寝るには窮屈《きゅうくつ》過ぎるでしょう」

「俺は向こうで、こいつはこっちって……おかしいだろう？　夫婦なのに」

「もちろん啓史さんだってこっちの部屋で寝ていいのよ。セミダブルなんだから」

「俺が、この部屋に」

心底嫌そうに顔を歪《ゆが》めて口にされ、久美子がビビったように後ずさる。

「だ、だって、あなたたちは新婚さんなんだもの。それなりにしないと、と思って」

「それなり？」

さらに凄みを増した声は大迫力で、沙帆子までもビビってしまった。

だが、久美子は突如反旗《はんき》を翻《ひるがえ》した。

「沙帆子さんは気に入ってくれたわよ！」

強気の発言に、沙帆子は狼狽《ろうばい》した。

啓史からじろりと見つめられ、目が泳ぐ。

「……いったい、いつ、この部屋はこんなことになったわけ？」

ずいぶんと疲れの滲《にじ》んだ声だった。

怒りは静まったようで、沙帆子はほっと胸を撫《な》で下ろす。見ると、久美子も安堵《あんど》した顔をしている。

「昨日よ」

「昨日？」

「ああ、そうだ」

宗徳の声がして、沙帆子はドアを振り返った。いつの間にやら、やってきていたらしい。

「父さん」

啓史の声に苛立《いらだ》ちが込められている。

「大変だったんだぞ。五軒の家具屋を回り、買い込んだものをトラックに積んで……」

「ずいぶんと暇《ひま》なんだね」

「せ、先生」

「俺はこんな部屋には、絶対に泊まらないぞ」

「だろうな」

宗徳が笑いながら言い、啓史は父を睨《にら》む。

「なら」

「『啓史さんは、母屋《おもや》に自分の部屋があるんだから、大丈夫よ』と言っていたな、久美子が」

沙帆子は目を丸くした。まさか、この宗徳が、久美子の口真似をするとは……

「あ、あなたっ！」

久美子から咎《とが》められ、宗徳は愉快そうに笑う。

へえーっ、びっくり！　先生のお父さん、案外ユーモアのあるひとなんだ。

「楽しそうだね。父さんも母さんも」

啓史は皮肉を込めて言うが、宗徳に「ああ、楽しいな」と軽くあしらわれる。

「最悪だ！」

啓史は吐き捨てるように叫ぶ。

「せ、先生」

「なんだ？」

睨《にら》まれて怯《ひる》みそうになるが、それでもここは黙っていられない。

「せ、せっかくこうして部屋を用意してくださったのに、そんな風に言ったら……」

「お前……」

啓史は何か言いかけたが、そのまま口を閉じてしまった。そして、気を取り直したように両親に声をかける。

「悪いけど、しばらくふたりきりにしてくれないか」

沙帆子は顔をひきつらせた。

い、いまこの状況で、佐原先生とふたりきりになんて……な、なりたくなーい！

「啓史さん、これはわたしがやったことなんだから、怒るならわたしにしてね。沙帆子さんのこと、怒ったりしないでちょうだいね」

「言われなくてもわかってる」

いや、わかってはいても、理不尽な怒りは間違いなく自分に降りかかるだろう。

困ったように顔をしかめた久美子は、沙帆子のことが気になるらしく、その場から動こうとしない。そんな妻に、宗徳が歩み寄る。そして肩に手を添えて、行こうと促《うなが》した。

久美子は後ろ髪を引かれるように振り返りながら、それでも宗徳とともに部屋を出ていってしまう。

正直、『待ってください！』と、沙帆子は叫びたかった。

ドアの近くにいた啓史は、ふたりが出ていくと、ゆっくりドアを閉めた。啓史の鋭い視線がささり、沙帆子は「ひっ」とうわずった声を上げる。

いたぶりだ。絶対に、いたぶられる！

こちらに歩み寄ってくる啓史に、沙帆子は目を白黒させる。

「えっ、あっと、そ、そ、そのぉ～」

後ずさるがベッドに遮《さえぎ》られ、一歩も動けなくなる。沙帆子は観念してぎゅっと目を瞑《つむ》った。

一秒、二秒、三秒……恐怖の中でカウントするが何も起きない。

まっ、まさか、わたしが根負《こんま》けして目を開けるまで待っているつもりなのか？

飛んで逃げたかったが、啓史が獲物を逃がすわけがない。

「沙帆子」

思っていたのとは違う方向から声が聞こえ、彼女は面食らって目を開けた。

沙帆子の目の前にいるものと思っていたのに、啓史はソファの側に立ち、うさぎのぬいぐるみを手にしている。

「え、えっと……」

いたぶられるんじゃなかったの？

おおいに戸惑ったが、啓史は、そんな沙帆子の内心にまるで気づいていないようだ。

啓史はため息をつき、ソファにどさりと座り込む。

どうしていいのかわからず、沙帆子はその場に立ったままでいた。

「まったくよくやるよな」

呆れたように言うと、彼はうさぎのぬいぐるみを沙帆子に向けてポンと放ってきた。

驚いたものの、うさぎを無事にキャッチする。

「先生？」

「お袋、ずいぶんと楽しそうだったな」

部屋を眺める啓史は、とても愉快そうな表情をしている。沙帆子は驚いた。

佐原先生……怒ってるんだと思ってたのに……

「親父も……まあ、いろんな意味で嬉しいんだろうな」

啓史はピンクのクッションをしげしげと見る。

「あ、あの、それ、お母さんが作ってくださったんです。しかも、昨日の今日で、だそうです」

「……」

沙帆子の言葉を聞いて、啓史は複雑そうな表情をする。

「ありがたいよな」

ちっともありがたそうには聞こえず、沙帆子はつい噴き出してしまった。

「あっ、す、すみません」

「謝らなくていいさ」

ソファから立ち上がった啓史は、ベッド全体を眺め、肩を揺らして笑い出す。

「ほんと、やってくれたよな」

沙帆子も笑いが込み上げてくる。彼女は、啓史の横に並び、そっと彼の顔を見上げた。その瞬間、素早く回ってきた腕に、ガシッと捕らえられる。

「ええっ！　ああーっ！」

沙帆子を捕まえたまま、啓史はベッドに倒れ込んだ。

「な、な、な……」

俯《うつぶ》せになった沙帆子の上に、啓史が覆いかぶさっている。

「なあ、沙帆子」

啓史の下敷きになってジタバタともがいている沙帆子に、啓史が呼びかける。

「は、はい」

啓史は沙帆子の上からどき、身体を横たえた。俯《うつぶ》せになっていた沙帆子は啓史のほうに身体を向ける。一緒に転がっているのが恥ずかしくなり、起き上がろうかと思った瞬間、啓史の手がすっと伸びてきた。

「嬉しいか？」

沙帆子の前髪に軽く触れながら、啓史が言う。微妙なタッチに鼓動が速まる。

「こ、この部屋のことですよね？」

頬を赤らめて聞くと、啓史は黙って頷《うなず》いた。

先生、どんな返事を期待してるんだろう？　嬉しいと言ったら怒るだろうか？　けれど、嬉しくないとは言いたくない。

久美子の思いが詰まった部屋だ。新婚の息子夫婦のためにと……

最初はびっくりしたけど、この部屋は、沙帆子が夢みていたような部屋なのだ。

「嬉しくないのか？」

返事に迷って黙っていると、啓史が沙帆子の表情を窺《うかが》いながら繰り返す。沙帆子は首を横に振った。

「嬉しいです。凄く嬉しいです」

沙帆子は本心を口にする。

「そうか」

怒る様子もなく、啓史は淡々と相槌《あいづち》を打つ。

「先生、怒ってたんじゃないんですか？」

おずおずと聞くと、啓史がくっと笑う。

「ムカツキはした」

「で、ですよね」

「でも……」

「でも？」

「こういう部屋……俺が用意してやるつもりでいたのに……」

沙帆子は眉を寄せた。

い、いま……佐原先生は、なんと？　聞き間違えたんだろうか？　こんな乙女チックな部屋を、自分が用意してやるつもりだったとかっていう風に、聞こえたんですけど？

「こういう部屋なら、お前も居心地がいいんだろうな？」

この部屋は乙女の夢ではあるが、居心地がいいかはわからない。

「俺んとこに作ってやるって言ったのにな」

「はい？　作ってやるって、何をですか？」

「お前、ひとの話、ちゃんと聞いてろよ」

「き、聞いてます。……けど、先生がなんのことを言っているのかわかんなくて……」

しばらく黙り込んでいた啓史が、ようやく口を開いた。

「お前がずっと生活していた部屋より、もっと居心地のいい場所を作ってやるって、俺言ったろ」

「あ、ああ、はい。言ってもらいました」

その言葉を聞いたとき、わたし、嬉しくて嬉しくて……

「俺らのあのマンションも、お前の好きなように変えていいんだぞ」

「はい？」

とんでもない発言に、沙帆子はびっくりした。

「どうして驚く？」

「だ、だって……その……いまの話だと……なんか先生が、あのマンションの部屋をピンクにしてもいいぞって言っているように思えて……」

自分で口にしておいてなんだが、顔がひきつる。

「そんなわけないですよね？」

「どうして？」

「あ、ありえませんよぉ」

「何がだ？」

「だ、だって、あの佐原先生のマンションの部屋が、この部屋みたいにピンク色になるだなんて……」

「お前がそうしたきゃ、してもいいと言っているんだ」

「だから、ありえませんよ。そんなの佐原先生の部屋らしくないです」

「お前な。なんださっきから。佐原先生のマンションだの、佐原先生の部屋だの。あそこはお前の家で、お前の部屋でもあるだろうが！」

啓史は沙帆子の頭をぐいぐいと押す。

「やめてください。怒らなくてもわかってますよぉ」

「そんなにあそこは自分の家だと思えないのか？」

「そ、そんなこと言ってません」

「言ってる！　そういうことじゃないか」

「もおっ、先生ってば！」

頑固《がんこ》な啓史に腹が立ち、沙帆子は力任せに啓史の身体を仰向けにして、ベッドに押さえつけた。

しかめっ面で頬を膨《ふく》らませ、上から見下ろす。

「沙帆……」

「わたしは佐原先生のマンションが好きなんです！　あの部屋が好きなんです！　あのまんまが好きなんです！　だってあそこは佐原先生のマンションで、佐原先生の部屋で……だから、あのままがいいんです。ピンクとかありえませんよ」

言いたいことを言い、啓史を睨《にら》む。啓史は眉を寄せて沙帆子を見返している。

「わかりました？」

「……あ、ああ」

啓史らしくない返事をもらったところで、沙帆子は我に返った。自分の行動の大胆さに、いまさらながら動揺する。

それに、この体勢って……佐原先生に馬乗り状態？　腹が立って、ついやってしまったわけで……顔を赤く染めた沙帆子は、ぎこちなく啓史から下りようとした。

「え？」

手首を掴まれ、動きを阻《はば》まれる。

「う……う……」

下りようとする沙帆子と、阻止する啓史。無言の攻防が続く。

「好き……か？」

「は、はい？」

「好きか？　あのままが」

ああ、なんだ、部屋のことかぁ〜。焦《あせ》ったぁ。

「はい。す、好き……ですよ」

啓史のことを『好きです』と口にしているわけではないのに、彼の目を見て言うのは照れくさ過ぎる。

困っていたら、啓史の両手が沙帆子の首の後ろに回された。そのまま、ぐっと引き寄せられる。

ふたりの顔がくっつきそうなほど近づいたところで、止まった。唇もほんの少し動かしたら、触れるくらい近いところにある。けれど、キスするわけでもなく、動きは止まったままだ。

う、うわーっ。この体勢、どうしたらいいの？　物凄く困る！

近過ぎて、何か言葉にするのも、躊躇《ためら》われる。

すると、啓史の指が首筋を這《は》い始めた。

ピリピリとした甘い刺激が生まれ、身体が震える。そのせいで、ふたりの唇が微《かす》かに触れ合った。

わわっ！

慌てたものの、啓史は沙帆子の頭の後ろを支える。唇がしっかり重なった。

ん……ん。

髪をまさぐられ、キスが深まっていく。

いつの間にか、沙帆子の頭を押さえていた啓史の手は離れていた。

それに気づいて、沙帆子は狼狽《うろた》える。

この体勢では沙帆子がベッドに横たわっている彼にキスをしているようにしか見えない。

焦《あせ》った沙帆子は、唇を離して顔を上げた。

キスの間、ずっと息を止めていたものだから、ハアハアと荒い息を吐いてしまう。

もおっ、恥ずかしいよぉ。恥ずかし過ぎて、死にそうだ。

「沙帆子」

啓史の両手が沙帆子の背中に回される。

目を閉じて、啓史を見ないようにしていた沙帆子は、ぎゅっと抱き締められて思わず目を開いた。

視線が合うと、さらに顔の熱が増す。

自分が啓史を押し倒しているようなこの姿勢がいたたまれないのだ。横に転がろうとしたけれど、啓史は沙帆子の腰を抱き、逃してくれない。

「もう一度」

「は、はい？」

「もう一度」

そっ、それって……キスのことを言っているんだよね？

「嫌なのか？」

不機嫌そうに聞かれ、沙帆子は慌てて首を横に振る。

「そ、そんなことないです」

焦《あせ》って口走った言葉に、沙帆子の顔が燃える。

「あ……でも……も、もうそろそろ戻ったほうが……」

「それもそうだな」

啓史は納得したように言うと、沙帆子の動きを封じていた手を離した。

ほっとしたけれど、どこか物足りなく思っている自分がいて、沙帆子はどうにも居心地が悪かった。

14　いま必要な話　～啓史～

やれやれ、それにしてもやってくれたもんだな。

ベッドから起き上がりながら、改めてファンシー過ぎる部屋を見回し、啓史は心の中で苦笑する。

もちろん、こんな部屋は啓史の趣味じゃない。まるで落ち着かない。特にこのベッド。こんなベッドに寝ていたら、熟睡できそうにない。

それでも、こいつには似合うよな。

啓史は、彼と同じようにごそごそとベッドから起き上がろうとしている沙帆子に目をやった。

いましがたのキスのせいで、頬を赤く染めている。その表情は、いつもと違って妙に艶《つや》っぽい。

化粧をしていなくても、こういう表情をするんだな。俺が沙帆子にこんなふうな変化を与えたのだと思うと、にやつきそうになる。

沙帆子がベッドから下りる。啓史はベッドの端に座り込んだ。

「先生？」

「先生じゃないだろう」

「あ……け、いし、さん」

「俺は、け、いし、じゃないけどな」

啓史は笑いながら突っ込んだ。すると沙帆子が照れくさそうにする。

「すみません」

そのあと、もじもじしつつも「啓史さん」と言ってくれた。

「なんだ、呼べるじゃないか。いまのは満点だったぞ」

「ほんとですか?」

「ああ。ほら、お前もここに座れ。もう少ししてから行こう」

「えっ? でも……」

「まだ顔が赤いぞ。お前、そのままじゃ両親の前に出ていきにくいだろ」

そう指摘したら、沙帆子は慌てて両頬に手のひらを当てる。

「そ、そんなにみっともないですか?」

「みっともなくはない。ただ……キスをしたことがバレそうだ」

「え、えーっ! ど、どうしよう」

「だから、もう少ししてから行こうと言ってるんだ。ほら、座れよ」

自分の隣を叩いて座るように促《うなが》す。沙帆子は顔をしかめつつ隣に座った。

啓史は側に転がっていたクッションを取り上げ、沙帆子に渡す。

「これ、もらってくか？」

「えっ？　でも、このクッションはこの部屋に置いておくために……」

「でぶクマがいなくなったから、新しいクッションが必要だろう？」

「ええっ！　まさか、先生の車にこのクッションを？」

「なんだ、このクッションでは不満か？」

「不満とかじゃなくて……先生の車に載せるんなら、やっぱりブラックかブラウンあたりの落ち着いた色合いのものがいいですよ」

「そのほうが似合うって言いたいわけか？」

「はい」

「俺は、お前の好みでいいんだぞ」

「だから、わたしはブラックかブラウンのがいいんです」

言い張る沙帆子の頭に、啓史は手のひらを乗せた。

「せ……け、いしさん」

また詰まった沙帆子に、啓史は噴き出した。

「わ、笑わないでください。これでも自分なりに……」

「わかってる。少しずつよくなってるぞ」

褒めてやると、沙帆子が目を丸くする。

「なんだ？」

「いえ……なんか、今日の先生……いつもより……やさしいというか」

啓史の顔色をちらちらと窺《うかが》いながら言う。その態度に、ちょっとむっとした。

いつもはやさしくないみたいな言い方をするじゃないかと、思わず口から出そうになったが……そうだよなと納得する。

俺って、照れくさくてなかなか素直に言葉を口にできないんだよな。

だけど、今日はどうしたのかと言われても、自分でもわからない。

啓史はファンシーな部屋をもう一度見回す。

もしや、この部屋を受け入れたからなのか？　諦めが先に立って、感情が凪《な》いでいるとか？

そうかもしれないな、と思いつつも、啓史は顔をしかめた。

それしても……今後は実家に帰るたびに、この部屋に泊まることになるのか？

ファンシー過ぎて落ち着かないというのもあるが、それ以前に、両親の家にこの部屋があるというのがな……そういう行為をしづらいというか。

やはりここに泊まるのは嫌だな。俺の部屋でよかったのに……ベットの狭さなんて、俺にとっちゃ、まるで問題じゃない。

だが、沙帆子は嬉しかったはずだ。こいつはこういうのが好みのようだから。

両親に先を越されてしまったが、いずれは自分が、沙帆子のために住み心地のいい家を建ててやるつもりでいる。

「あ、あの……啓史さん？」

沙帆子が遠慮がちに呼びかけてきた。

「うん、なんだ？」

聞き返すと、沙帆子は立ち上がり、ソファに視線を向ける。

「ちょっと、あそこにも座ってみませんか？」

「別にいいけど」

そう言うと、沙帆子はパッと顔を輝かせる。

啓史は立ち上がり、ソファに歩み寄った。沙帆子はワクワクした表情で啓史が座るのを見ている。

「どうした？　座ってみるんじゃないのか？」

「もちろん座ります。先生、どうぞお先に」

先を譲《ゆず》るように、両手を動かす。啓史が座ると、沙帆子はいそいそと隣に座ってきた。

「ずいぶんとフカフカだな」

身体を少し動かしただけで、ゆらゆら揺れてしまう。

「ああっ！」

揺れのせいでバランスを崩したらしく、沙帆子は啓史にもたれかかってきた。

なんだ、いいじゃないか、このソファ。

「す、すみ……」

「謝らなくていいだろう。ほら」

啓史は沙帆子の腰に腕を回し、彼女を抱き寄せる。すると、沙帆子も頬を染めつつ、啓史の腰におずおずと腕を回してきた。

そのとき、躊躇《ためら》いがちなノックの音がした。

「あの、啓史さん、沙帆子さん」

久美子だ。ぎょっとした沙帆子は、慌てて啓史から身を離す。

「もう、そっちに行くよ」

「そ、そう。あ……あの、沙帆子さん、大丈夫?」

「あっ、はい。大丈夫です」

「大丈夫って、何がだ?」

独り言を呟《つぶや》いていたら、「入ってもいい?」と母が言う。

「は、はい。どうぞ」

沙帆子が返事をすると、すぐにドアが開いた。

「あ、あら?」

ふたりのほうに目を向け、いったんは目を丸くした久美子だが、次の瞬間には物凄く嬉しそうに顔をほころばせた。

「まあっ、ラブラブね♪」

本日二度目となるラブラブ発言に、啓史の顔が歪《ゆが》む。

「どう? そのソファ、座り心地いいかしら?」

そんな感想を聞かれては、もう座っていられない。啓史はさっと立ち上がった。

「沙帆子、行くぞ」

「は、はい」

啓史は沙帆子を連れて、母に歩み寄った。久美子は満面の笑みを浮かべている。

ずいぶんと、嬉しそうじゃないか、と皮肉げに考えつつも、笑いが込み上げる。

沙帆子のために部屋を用意して、お袋はずいぶんと楽しんだんだろう。これまで親孝行らしいことを何もしてやれてなかった身としては、これで母が喜んでくれたなら嬉しい限りだ。

「啓史、工場にも顔を出さないか？」

リビングに戻った途端、宗徳が誘ってきた。

工場にも行っておきたいが……沙帆子をここに置いていっていいものだろうか？

啓史は沙帆子と目を合わせる。

「沙帆子さんも、一緒に行くかな？」

宗徳が沙帆子も誘う。沙帆子はまだ工場の中に入ったことがないし、行ってみたいかもしれない。

「沙帆子、行くか？」

啓史は連れていく気で声をかけた。だが、沙帆子は考え込んで、首を横に振る。

「なんだ行かないのか？」

「わたし、お義母さんのお手伝いをします」

「あら、沙帆子さん、気を使わなくてもいいのよ。啓史さんと一緒に行ってきたら？」

「いえ。今日はお手伝いします」

沙帆子は久美子にそう答え、宗徳に返事をした。

「あの……お義父さん。工場のほうは、またいずれ見学させてください」

照れくさそうに、だが、しっかりと沙帆子が『お義父さん』と呼んだことに、啓史は微笑んだ。

ぎこちない呼びかけだが、自分の父親を、彼女がそう呼んでくれたことが嬉しい。

そういえば、お袋のことも、もうお義母さんと呼んでくれてるな。

「それじゃ、啓史、行くか？」

宗徳に促《うなが》され、「ああ」と返事をしたものの、沙帆子のことが気にかかる。

こいつがここに残ることにしたのは、料理を入れ替えるつもりでいるからなんだよな。

簡単に入れ替えられそうなら頼んでもいいかと思ったが……こいつ、無理をしないだろうか？

「沙帆子、いいのか？」

「はい。行ってきてください」

微笑みながら言われては、強引に連れていくわけにもいかない。

無理しなくていいんだからなと念押ししたかったが、ここで口に出すことはできない。

そんな啓史の心情を汲んでくれたのか、沙帆子は安心させるように啓史に向けて小さく頷いた。

少々後ろ髪を引かれつつも、宗徳と一緒に工場に向かう。

……三週間前とまったく同じ光景だ。

こんな風に父と肩を並べて歩いていると、あの日に遡《さかのぼ》ってしまったかのような感覚に囚われる。

「それで、どうなんだ？」

工場の入り口を抜けると、宗徳が尋ねてきた。

「どうなんだって、何が？」

「決まっているだろう、しあわせなのかって聞いている」

「父さんも、案外意地が悪いよな」

しかめっ面で文句を言ったら、宗徳がくっくっと笑う。

「……しあわせだよ。ありがとう」

「お前から、そんなにまともな礼を言われるとは、思わなかったな」

「意外そうに言わないでくれよ。でも、らしくなくまともな礼を言いたいくらい感謝してるんだ」

「邪魔もしたぞ」

「必要なことだったんだろ？」

「まあな」

そのあと、どちらも黙り込んだまま、開発部の部屋に入る。

「開発部の仕事は、その後順調？」

「順調の定義によるな。ことごとく失敗しながら、前に進んでいる」

父の表現に啓史は笑った。

「失敗を重ねて、成功ありきだものな」

「その通りだ。失敗することで解決の糸口が見つかる」

啓史は無言で頷《うなず》き、自分に与えられている机に着いた。すぐにパソコンを立ち上げる。

「ここに戻ってくるのか？」

パソコンの画面を見つめていたら、父がそんなことを尋ねてくる。

「戻ってくるさ。そう約束したろ」

「だが、いまのお前は、教職にやりがいを感じているだろう？」

「それは……確かに教職は楽しいよ。俺はまだまだ新米だから、すべてが新鮮なんだ」

「……啓史、私はお前にこの工場を継《つ》いでもらいたいと思ってる。それが本心だ。だがな、ここに戻ることをお前が義務と感じて教職を退《しりぞ》くことは、望んでいないんだ」

「……うん、わかってる」

「私に気兼《きが》ねをせず、思う存分教員生活を楽しめ」

「ねぇ、父さん？」

「なんだ？」

「どうしていま、この話をするのかなと思ってさ」

「どうしてだろうな？　たぶん、必要だと思ったからだろう」

必要か……

「俺さ……」

「うん？」

「教師を辞めることを、無意識に考えていたみたいだ」

「そうなのか？」

「教師を辞めて俺が学校を去れば、おかしな噂が広まることもないし、わけのわからない騒ぎに悩まされることもない。俺たちの結婚がバレる可能性も低くなるから、沙帆子は平和に学校生活を送れる」

「いいこと尽くしだな。……で、辞めるのか？」

「ああ。……と、即答できたら、ラクなんだけどね」

「だろうな」

宗徳がくすくすと笑い出し、啓史も笑った。

15　話の続きはあとで　～沙帆子～

昼食の準備を手伝いながら、沙帆子はちらちらと久美子の動向を窺《うかが》っていた。

これからやろうとしていることがどうか気取られませんように……！

佐原先生、お義父さんと工場に行ったけど……工場で何をしてるのかな？

沙帆子も行ってみたかったけれど、そんなことをしていたら、料理を入れ替えるチャンスを、ふいにしてしまうことになる。

「沙帆子さん」

久美子の手元を覗《のぞ》き込んでいた沙帆子は、その呼びかけにぎょっとした。

「は、はいっ」

驚きのあまり、ぴょんと飛び上がってしまう。

「ど、どうしたの？」

びっくりした顔で問いかけられ、大袈裟《おおげさ》な反応をしてしまった沙帆子は真っ赤になった。

「い、いえ……お、お義母様、ど、どんな風に味付けをされてるのかなぁって……」

思わず、『味付け』と言葉にしてしまい、頬がひきつる。

味付けを気にしているのは、大きな理由があるわけで……だが、その理由を久美子に話すわけにはいかないのだ。

「ふふ。啓史さんの好む味付けね？」

「えっ？　は、はいっ」

話題が核心に触れてしまい、心臓がバクバクしてきた。

久美子は、息子の好みを勘違いしている。彼は甘いものが好きだと思い込んでいるのだ。

そしていまこの瞬間、彼の料理だけ、味付けを甘くしている。

いったい、どの程度、他の人たちのよりも甘くしているのか。そこのところをどうしても知りたくて、こうしてさりげなく確認しようとしていたわけなのだが。

「あっ、そうだ。そうよね。沙帆子さんも甘いほうが好きなのよね？」

沙帆子は固まった。

こ、これって……この流れって……ま、まさか……

「そうよね。沙帆子さんのぶんも啓史さんと同じくらい、甘く……」

「い、いいえっ！」

沙帆子は、思わず叫んだ。急に大声を出したものだから、またもや久美子は目を丸くしている。

「す、すみません。わ、わたし、お、お料理は、あま……甘くないほうが……好みで」

必死に誤魔化そうとしていることは後ろめたかったが、ここは啓史のためと頑張る。

「あらぁ、意外。そうなの？　でも、ケーキとかは？」

「は、はい。ケーキなどの甘いものは好きなんですけど……」

「そう。でも、それだと大変ね」

「は、はい？」

何が大変？

「沙帆子さんも甘いのが好みなら、啓史さんと一緒の味付けでいいから、ラクなのにと思って」

「あ、ああ……」

佐原先生は、甘くないお料理も美味しく食べていますよと、さりげなく真実を伝えようかとも思ったが、やめておいた。そんなことを言ったら、事が複雑になるかもしれない。

沙帆子は味付けをする久美子を見守った。

啓史があまりに甘いと言うから、かなり甘い味付けになっているのかと思っていたのだが、そうでもなかった。啓史が甘い味付けが極端に嫌いということらしい。

ちょっとほっとした。わたしなら甘過ぎて食べられないということはなさそう。

でも、どうやって入れ替えよう？　久美子の目を盗んで料理を入れ替えることなんてできるだろうか。

だが、このミッションをやり遂げないことには、苦行《くぎょう》を強いられている啓史の隣で昼食を食べなければならなくなる。それは沙帆子にとっても苦行《くぎょう》だ。

「ねぇ、沙帆子さん」

任務実行の決意を改めて固めていると、久美子に呼びかけられた。

「はい」

「本当は啓史さん、あなたに八つ当たりしたんじゃない？」

「えっ？」

なんのことを言われたのかわからず、きょとんとしてしまう。久美子はため息をつきながらお鍋を搔《か》き回している。

「啓史さんね、不機嫌になると、順ちゃんのほっぺたを摘まんでひっぱったりとかね……いたぶったりしてたの。そんなにひどくじゃないんだけど。……さっき沙帆子さんも、やられてたんじゃないかなって？」

その言葉に、どうにも顔が熱くなる。

あのピンクの部屋で、確かにいたぶりを受けたが、久美子の言うような種類のものではなく……ちょっとばかしエロリィ傾向のものだった。

啓史とふたりきりで部屋に置き去りにしてしまい、沙帆子が困った立場に立たされたんじゃないかと久美子は心配だったようだ。だから、部屋にこもっているふたりを部屋まで呼びに来てくれたのだろう。

あのとき、沙帆子の顔が赤くなっていたのを、久美子は、息子にほっぺたを摘まれ、いたぶられたのだと受け取ったらしい。

「いえ。……まあ、そういうこともなくはないんですが……あの部屋のことで八つ当たりとかは、されていません」

「沙帆子さん……」

久美子は沙帆子に向き直り、沙帆子の手を取る。

笑みを浮かべているが、どこか申し訳なさそうだ。

「あの……お義母さん？」

「ありがとう」

どうして感謝されたのかわからず、沙帆子は久美子の目を見返した。

「やり過ぎちゃったかなぁって思ってたの。啓史さんの機嫌を損ねて、あなたが八つ当たりされるんじゃないかって……模様替えの終わったあの部屋を見て、いまさらだけど、心配になっちゃって……」

そう告白した久美子はしばらく黙り込んで唇を噛みしめていた。そして、ため息をつく。

「もし娘がいたなら、あんな可愛い部屋にしてあげたかったなって……そんな自分の夢を、あなたに押し付けてしまったなって……」

沙帆子は思わず久美子の手をぎゅっと握り返した。

「そんなことないです。あの部屋、とっても素敵で、喜んでます。先生も……嬉しいんです」

「えっ？　啓史さんが……嬉しい？」

面食らった様子の久美子に、沙帆子は笑みを浮かべた。

「はい。先生、言ってました。『お袋、楽しそうだったな』って……とっても愉快そうに」

「あ、あら。……ほんとに？」

「はい。……ムカツキはしたけど、とも言ってましたけど……」

これも一応つけ加えておくべきかと口にすると、久美子が声を上げて笑い出した。だが、その笑い声が、少しずつ変化してゆく。

「お、お義母さん？」

「ごめんなさい。……ちょっと胸が……ふふ」

小さく笑い、そのあと久美子は黙り込んでしまった。

心地良い沈黙の中、調理する音だけが響くキッチンで、沙帆子はじんわり喜びを噛み締めたのだった。

「それじゃ、これとこれ、テーブルに並べてもらえるかしら」

料理の盛られた皿がカウンターに置かれた。久美子の指示を受け、沙帆子はキッチンから出た。

「啓史さんのは、これね」

カウンター側に回ると、久美子が皿を差し出してきた。

「あの、どれがどなたのって……ありますか？」

「ええ、この量の多いのが宗徳さん、男性陣に比べて少なめなのは、わたしと沙帆子さんの」

そ、そうか、先生とわたしのは、量が違うんだ。

これはまずい。皿を入れ替えるだけじゃ駄目なんだ。ど、どうしよう？

「あのふたり、帰ってくるのかしらねぇ」

困っていると、久美子が考え込みながら言う。

ふたりとは、先生とお義父さんのこと？　それとも……

「テッチ……て、て……」

元担任の徹のことをどう呼べばいいのか迷い、沙帆子は中途半端に口を閉じた。

「そうそう、徹《てつ》ちゃん、生徒さんたちにテッチン先生って呼ばれてたのよね」

「は、はい」

「そんな愛称で呼んでもらえたってことは、徹ちゃん、生徒さんたちに慕《した》われてたのかしら？」

「は、はい。それはもう」

「ふふ。そういう話、なかなか聞かせてもらえないから……そうよ、そうだわ、これから沙帆子さんにいっぱい聞かせてもらえるわね。徹ちゃんだけでなくて、啓史さんの教師ぶりも」

「あっ、はい。喜んで話をさせていただきます」

約束すると、久美子は本当に嬉しそうに微笑んでくれる。

「あー、楽しみがいっぱいだわ」

身体を左右に揺すりながら言う久美子は、ほんとに可愛くて、沙帆子は笑みを浮かべた。

「沙帆子さん、徹ちゃんと順ちゃんのふたりが戻っていないか、わたし、ちょっと母屋《おもや》を覗《のぞ》いてくるわ」

料理が完成し、久美子はそう言ってキッチンから出ていく。

「わたしが、行ってきましょうか？」

「ううん。母屋《おもや》に用事もあるから。沙帆子さん、この料理を並べて、ラップをかけておいてもらえるかしら。まだ食べるまで時間がありそうだから」

「わかりました」

ひとりになり、この状況に思わずガッツポーズしそうになる。

やった！　これなら、先生とわたしの料理を入れ替えて、量も加減できる。

犯罪行為というわけではないのだが、見られては困る行動なわけで、沙帆子はドキドキしながら、料理の入れ替え作業に取りかかる。

まずは料理の盛られた皿を入れ替え、あとはお箸をお借りして、量を調節する。

「よ、よしっ！」

任務完了の喜びに、思わず力の入った声を上げてしまう。

「エノチビ」

ふいに呼びかけられ、沙帆子はぎょっとして振り返った。開いたドアの近くに徹がいた。

テッ、テッチン先生……い、い、いったい、いつからそこに？　作業に必死になっていて、まるで気づかなかった。

犯行現場を押さえられた犯人の気分だ。背筋をスーッと冷たいものが伝《つた》う。

「お前がここにいるのが、なんか不思議でならないな」

沙帆子を見つめていた徹が、苦笑しながら口にする。

突然の徹の登場に動転してしまい、返事もできない。すると徹は、こちらに近づいてきて、テーブルの上の料理を眺め回す。

「うまそうだな」

「は、はいっ」

料理を移し替えているのを、見られてしまったのだろうか？　はっきりさせたいが、こちらからわざわざ問う勇気はない。

「困るな」

縮こまっていた沙帆子は、その言葉にどきりとし、視線を上げた。徹と目が合い、さらに狼狽《うろた》える。

なんなの？　困るって、なんのことなの？

「あ、あのぉ……テッチン先生？」

おずおずと問いかけたら、徹がくすりと笑う。

「お前も俺と一緒なんだな？」

い、一緒？　テッチン先生と一緒って何がだろう？　それに、さっきの、困るなって、何をさして、困るなと……？

「つい出ちまうよな？」

苦笑いとともに同意を求めるように言われたが、なんのことかまるでわからなかった。

困っていると、徹が声を上げて笑い出した。

「お前がここにいるのも、俺の家の昼飯の支度を手伝ってるのも……俺には違和感バリバリだ」

「あ……は、はい」

ああ、なんだ。テッチン先生、そういうことを言いたかったのか。

確かに沙帆子も同じ気持ちだ。元担任である徹と一緒にこの場にいることに、凄く違和感を覚える。

「それに、どうしてもエノチビ以外の名で呼べない……。もう榎原じゃないのにな。かといって……下の名でも呼びづらくてな」

「そ、そうですよね」

テッチン先生から、沙帆子さんとか沙帆子ちゃんと呼ばれるなんて、それこそ違和感バリバリだ！

「わたしも、テッチン先生としか、いまは呼べないです」

「俺はそれでいいけどな。お前から、お義兄さんなんて呼ばれたら……」

徹はそこで言葉を止め、ずいぶんと苦い顔をする。

「すみません」

なんだか申し訳ない気がしてきて、沙帆子は頭を下げた。

「お、おい」

徹はひどく慌てたように声をかけてきた。

「何もお前が謝ることないぞ。そう呼び合うことに違和感があるってだけだ。お前が義理の妹になることに、不満があるわけじゃない」

沙帆子が笑みを浮かべて頷《うなず》くと、徹は微笑んで、沙帆子の頭をポンポンとやさしく撫《な》でてくれる。

「『エノチビ』がしっくりき過ぎてなぁ。……けど、この先ずっと、そう呼び続けるわけにもいかないよな。なあ、お前は俺になんて呼ばれたい？」

「エノチビでいいです」

「いや、だから、そういうわけには……」

徹は言葉を止めて、何か考え込んだ。

「そういや、啓史は、『ちびすけ』って呼んでたな」

はいっ？　ち、ちびすけ？

戸惑っていると、徹は「うん？」と首を捻《ひね》った。

「あいつ、そう呼んだりしないのか？」

ずいぶんと意外そうに言う。

「佐原先生、わたしのこと、『ちびすけ』って呼んでたんですか？」

うわーっ、それが本当なら、すっごく嬉しいんですけど。

沙帆子が啓史と親しく話せるようになったのは、バレンタインデー以降だ。けれど、それ以前から、啓史は、沙帆子のことを、『ちびすけ』と親しげに呼んでくれていたのだ。想像するだけで嬉し過ぎて宙《ちゅう》に舞い上がりそうだ。

佐原先生にずっと切ない片思いをしていて、手の届かないひとだと諦めていたのに……佐原先生にとって、自分はたくさんいる生徒の中のひとりでしかないって思ってたのに……

ああ～、しあわせ過ぎる。

「なんだ、呼んでないのか？」

沙帆子はこくりと頷《うなず》いた。

「そんな風に呼ばれたことはないです」

いまからでも、『ちびすけ』なんて可愛らしく呼びかけられたら、かなり嬉しいかも。

徹はずいぶんと面白そうに「ふーん」と言う。

「ところで、みんなはどこに行ったんだ？」

改めて聞かれ、沙帆子は口を開いた。

「お義父様と先生は、工場のほうに……それとお義母様は母屋《おもや》に……テッチン先生たちが帰っていないか見に行かれたんですけど」

「俺は母屋《おもや》から来たんだが、お袋には会わなかったな。どこかで入れ違いになったか」

「順平さんは一緒じゃなかったんですか？」

「あいつは自分の部屋に寄ってから来るって言うんで、母屋《おもや》の玄関で別れた。……ああ、そうだった」

何か思い出した様子で、徹がにっと笑う。

「見たのか？」

期待のこもった瞳に、沙帆子は首を傾《かし》げた。

「見たって、何をですか？」

「しん……」

どうしたというのか、それだけ口にした徹は、急に口を閉ざした。そして、珍しく、その顔に動揺の色が浮かぶ。

「あの、テッチン先生？」

「いや……まあ、この話題はいい」

「いいって……あの、なんの話題なんですか？」

「別になんでもない。いいから気にするな」

気にするなと言われると、もっと気になるのだが……

「ああ、腹が減ったな」

話題を変えようとしたのだろう、徹はテーブルの上の料理に視線を移して言う。

「みんな何やってるんだろうな。さっさと戻ってくればいいのに。お前も、腹が減ったんじゃないのか？」

「あ……」

いまになって、徹が口にした『見たのか？』の問いが何を指してのものだったのか、沙帆子は気づいた。

「どうした？」

「いえ、その。見たのかって、テッチン先生が言ったのって、部屋のことだったんじゃないんですか？　あの、ピンクの」

「なんだ……やっぱり、もう見たんだな」

「びっくりしました！」

正直に言うと、徹がくすっと笑う。

「だろうな。……それで？　啓史の反応は？」

ずいぶん楽しそうに聞かれ、沙帆子も笑いながら口を開く。

「それが……」

話し始めたところで、微《かす》かに話し声が聞こえ、沙帆子は口を閉じた。

先生とお義父さんかな？

「エノチビ、いまの話の続き、あとで聞かせてくれ」

背中を軽くポンと叩かれ、沙帆子は頷《うなず》いた。

「はい」

近づいてくる話し声は、久美子と順平のものだった。ドアが開き、久美子が姿を見せる。

「徹ちゃん」

母親の呼びかけに、徹が軽く手を上げて応じる。久美子は徹がここにいることが、わかっていたらしい。

久美子の後ろから順平が顔を出した。

「や、やあ。いらっしゃい。沙帆子さん」

照れくさそうな挨拶をもらい、こっちまで照れてしまう。沙帆子は頬を染めて頷《うなず》いた。

「ふたりの部屋、気に入ってくれた？」

おずおずと順平が聞いてきて、沙帆子は「はい」と答えた。嬉しそうに微笑んだ順平は、次に徹に話しかける。

「啓史兄さんが、そんなに怒らなかったなんて、かなり意外だったけど……よかったよね、徹兄」

「えっ！　ほんとか？」

徹は意外そうに叫んだあと、「怒らなかったのか、あいつ？」と沙帆子に詰め寄るように聞いてくる。

「なんだ、徹兄、そのことまだ聞いてなかったの？」

「あ、ああ。それで？　怒らなかったなら、あいつはどんな反応をしたんだ？　エノチビ」

「ちょっとちょっと、徹兄ってばぁ。沙帆子さんのこと、もう『エノチビ』って呼ぶのはおかしいって言ったろ」

順平が徹をたしなめるように言う。すると徹は、ひどく顔をしかめた。

「別にいいだろ。他に呼びようが……」

「『沙帆子さん』でいいじゃん」

「馬鹿言え」

「えーっ、どうしてだよぉ？」

「ならお前、彼女のこと、『お義姉さん』と呼べるか？　呼べないだろ⁉」

徹は反論は受けつけないという態度で、声高《こわだか》に叫んだ。

「なんで、そんな話になるのさ。僕は、『沙帆子さん』でおかしくない……けど、エノチビと呼ぶのはおかしいでしょ？　ねぇ、母さん」

順平は、同意を求めるように母親に話を向ける。

いつの間にやら、久美子はキッチンに戻っている。

「まあ、そうねぇ。もう榎原から、佐原になったんだし……」

オーブンからなにやら取り出しながら、久美子は意見を述べた。

ど、どうしよう。わたし、お義母さんを手伝いに行くべきかな？

「わかったわかった。善処《ぜんしょ》するさ。それより、昼飯はまだか？」

「工場からふたりが戻ったら、食事にするわよ」

「なら、呼んでくるよ。もう腹がペコペコだ」

徹は急ぎ足でドアから出ていった。

「徹兄、逃げたね」

閉まったドアを見て、順平はにやにやしながらそんなことを言う。

そして、ソファにタタッと駆け寄り、軽くジャンプして腰かけた。

両足を揃《そろ》えて子どものようにぶらぶらさせる順平の姿に、沙帆子は口元を緩めた。

まったく、順平らしい仕草《しぐさ》だ。こういうところ、全然年上の男のひとに思えない。わたしたちの高校の制服も、凄く似合いそう。

森沢君や広澤君と一緒に順平さんを並べると、順平さんのほうが年下に見えるかも。身長は低くないのに幼く見えるって、不思議なひとだ。

16　照れは強気で　～啓史～

「啓史、そろそろ帰るか？」

父に声をかけられ、啓史は我に返った。

「あ……うん。……いま何時？」

仕事にどっぷりつかっていた頭が、唐突に現実へと引き戻され、少々戸惑う。

「お前のその集中力は、羨《うらや》ましいな」

「そう？　で、何時？」

「十二時半だな」

なんだ、ここに来てまだ三十分か……よかった、そんなに過ぎてない。

ほっとしつつパソコンを急いで終了させる。

沙帆子はお袋とうまくやってるだろうか？　無理をしてないだろうな？

いまさらだが、強引に連れてくればよかったと後悔が湧く。

料理を入れ替えてくれとか……言わなきゃよかった。

皿を取り替えるだけといっても、そんな簡単なことではないはずだ。沙帆子はまだ、啓史の家族に慣れていないし、ひどく緊張しているというのに……

だいたい身勝手だよな。自分が甘い物を食べたくないからといって、沙帆子にそんな頼み事をするなんて。

あいつだって、甘い物が好きとはいえ、料理まで甘い味付けが好きなわけではないだろう。

なのに料理を入れ替えろだなんて、俺ときたら、よく言えたもんだな。

沙帆子に料理を取り替えてくれるように頼んだとき、啓史は、芙美子の甘い料理を食べて心底参っていた。それで思わず頼んでしまったのだ。沙帆子も快《こころよ》く応じてくれたから……

ちゃんと沙帆子の立場に立って考えてやれば、わかったことなのに……まったく、俺ときたら、なんて考えなしなんだろうな。

「啓史、どうした？」

少し離れたところから宗徳の声がし、啓史は顔を上げた。宗徳はすでにドアを開けて待っている。

「ああ、ごめん。すぐに行く」

椅子を引いて立ち上がり、急いでドアに向かう。

さっさと沙帆子のところに戻ってやろう。俺の無茶な頼みのせいで、彼女は困り果てているかもしれない。もう入れ替える必要はないと、言ってやらなければ……

「本当は、お前ともっと語りたかったんだがな」

歩きながら宗徳が苦笑する。

「話があったの？　なら、いま聞くよ」

沙帆子が気になるから、早く戻りたいと気は急《せ》く。けれど父のほうから語りたいなんて言い出すのは珍しくて気になってしまう。

「いや、そういうことではないんだ。……これといって話があるわけじゃない」

なんとなく、父の言いたいことが伝わってきた。

「今度泊まりに来たときに、酒でも飲みながら……ってことでいいかな？」

「まあ、そうだな」

そう答え、宗徳は工場の中を黙々と歩く。

ふいに、啓史の脳裏《のうり》に、結婚式のときの新郎の控室でのことが蘇《よみがえ》る。

牧師の問いに追い詰められ、真っ青になった自分。牧師が去り、気遣ってくれる父の思いすら拒み、心に不安が渦巻き、爆発しそうだった。そんな俺の心情を理解し、親父は側で見守ってくれた。

まったく、親父には、みっともないところばかり見られてるよな。自暴自棄になって煙草《たばこ》を吸っていたところも見られちまったし……

「あの……いまさらだけど……」

「うん？」

「父さん、ありがとう」

「なんだ急に」

「言いたくなった」

「そうか」

宗徳は啓史を見つめ、ふっと笑う。慈愛《じあい》のこもった眼差しに、啓史は無性に照れくさくなった。


工場から出ると、徹の姿が見えた。

「徹兄」

「腹が減ったから、迎えにきた」

「順平は？　あいつも戻ったのか？」

「戻ったよ。もうリビングにいる」

「それで、なんの用事があって、お前たち、ふたり揃《そろ》って出かけたんだ？」

宗徳に聞かれ、徹は肩を竦《すく》める。

「写真集を作ってきたんだ。今朝、こいつから電話で追加で写真集が欲しいって言われてね」

「なんだ。ふたりでそれを作りに行ってくれてたのか？」

「そうだぞ。充分に感謝しろ」

「ああ、感謝するよ」

よかった。沙帆子が大喜びするだろう。

「二部作ってきたから、渡せるときが来たら、幸弘さんの両親にも渡すといい」

「あ……ありがとう。そうする。俺は、そっちのほうまで気が回らなかったよ」

幸弘の父親である、威厳《いげん》のあり過ぎる重蔵《じゅうぞう》を思い浮かべる。

案外、孫の花嫁姿に、目尻《めじり》を下げて喜んだりするかもしれないよな。まあ、結婚を受け入れてもらえなければ、それもないが。

「そうだ。沙帆子さんの祖父母の話を聞いていなかったな」

祖父母の話と言われると、どうしても洋一郎の顔が浮かんでくる。

嫌なものほど、記憶に刻まれるんだな。

「なんだ、顔合わせはうまくいったんじゃないのか？　幸弘さんはそう言っておられたが」

顔を歪《ゆが》めていたのを誤解されてしまい、啓史は首を横に振った。

「うまくいったよ。ただ……」

「うん？　なんだ？」

「いや、……まあ、あとで話すよ」

いまは洋一郎の話をしている場合じゃない。こんなところでいつまでも立ち話をしていないで、早く、沙帆子のところに行ってやらねば……

「ふむ。それなら、昼飯のあと母屋に移動して聞かせてもらおうか。沙帆子さんの身内のことだから、彼女のいる場所では思うように話せないだろうしな」

「わかった」

父に急いで返事をし、啓史は徹に視線を移す。

「徹兄、もう沙帆子には会ったのか？」

啓史は歩きながら聞いてみた。

「ああ。会って話した」

「あいつ、どんな風だった？　何か困ったりしてなかったか？」

「なんだ、お前」

徹がにやにやし始め、啓史は顔をしかめた。

「何？」

「いやいや、エノチビを気にかけてんなぁと思ってな」

「当然だろ！」

照れくさいのを抑え込み、啓史は強気で言い放つと、足早に戻っていったのだった。

17　同類のピンチ　～沙帆子～

あっ、そうだ。写真集のこと……順平さんにまだお礼を言っていなかった。

「あの、順平さん」

「うん、なあに？」

「写真集ですけど……ありがとうございました。素敵に編集してあって、びっくりしました」

そうだ、テッチン先生にも、写真集のお礼を言わなきゃいけなかったのに……

「喜んでもらえたなら、嬉しいよ。結婚式場で作ってくれるアルバムには見劣《みおと》りしちゃうだろうけど、かなりよかったでしょ？」

瞳をキラキラさせて聞かれ、沙帆子は大きく頷《うなず》いた。

「はい。すっごくよかったです」

「えへへ。喜んでもらえて、ほんとよかった。沙帆子さんのお父さんとお母さんにあげた写真集は、お祖母ちゃんにあげちゃったんだってね」

「ああ、はい」

そうか、順平さんも聞いてたんだ。

「それで……ジャジャーン！」

順平は小脇に抱えていた紙袋を勢いよく差し出してきた。

「えっ、これは？」

「実は、いま徹兄と行って作ってきたんだ」

それじゃあ、ふたりが出かけていたのは、このため？

「あっ、ありがとうございます」

「うん。二部入ってるからね。あと、一部は……母さんが預かってるよね？」

順平はキッチンにいる久美子に声をかける。

「ええ。そこの引き出しにしまってあるの。順ちゃん、出してちょうだい」

「オッケー」

順平はそう言って、引き出しから袋を取り出す。

「それじゃ、はい」

「ありがとうございます。でも、三部も？」

「うん。徹兄が、いずれは、沙帆子さんの父方のお祖父さんたちにも渡せるようにって」

「わあっ、ありがとうございます」

徹の気遣いに胸がジーンとする。

「徹ちゃんも順ちゃんも、そんな用事で出かけるのなら、教えといてくれればよかったのに……」

久美子が順平に文句を言う。

「母さん、そういうことじゃないんだよ」

順平が否定する。

「そういうことじゃないって、順ちゃん、どういうこと？」

「僕はね、夕べ、徹兄を説得したんだよ。徹兄は雲隠《くもがく》れしようとしてたんだからね」

「雲隠《くもがく》れ、ですか？」

沙帆子は戸惑って聞き返した。

「照れくさかったみたい。沙帆子さんと顔を合わせるのが。どんな顔していいやらわからないって、珍しく混乱してたからさ……ここで逃げたら、次はもっと顔を合わせづらくなるんじゃないのって言ったら、ようやく腹を括《くく》れたみたいだった」

「徹ちゃんらしいわねぇ」

久美子が笑いながら言う。

意外だ。あのテッチン先生が、順平さんに諭《さと》されたなんて……

「それにしても、雲隠《くもがく》れしようとしてたなんて……」

文句を言いたそうに久美子が言うと、順平が声を上げて笑う。そして、沙帆子にちょちょいと小さく手招きする。順平に近づくと、彼は内緒話をするように顔を寄せて小声で囁《ささや》いてきた。

「あの部屋とか、徹兄、耐えられないんだってさ」

「耐えられない？」

「うん。啓史兄さんと、沙帆子さんと、あの可愛い部屋が、頭の中で反発しあって、どうにかなりそうだって」

そのときのことを思い出しているらしく、順平はにやにや笑いながら言う。

反発か……

テッチン先生、わたしに『見たのか』って、自分から話を振ってきておきながら、急に話題を変えたりして……、つまり、そういうことだったんだろうな。

「おかしいのはさ、その前にさんざん協力してたんだよ。こりゃ面白いって。こっちのほうがもっと可愛いぞなんて、母さんをそそのかしたりしてさ……」

「まあ、徹ちゃんの気持ちもわからないでもないわ」

久美子の声が割《わ》り込んできて、ふたりは久美子に視線をやる。菜箸《さいばし》を手にしている久美子は、手元を見ながら、さらに言葉を続ける。

「自分の教え子が結婚したなんて、急に年取っちゃった気分で……」

「というよりさあ。妙に頭の固いところがあるんだよ。呆れるくらい、柔軟性のない部分があるんだよなぁ」

もっともらしく順平が口にしたところで、前触れなくドアが開いた。

沙帆子はハッとしてドアに視線を向けた。

あっ、先生、戻ってきたんだ。

沙帆子は胸を弾ませたが、啓史の目は驚いて固まっている弟のほうに向いている。

「あ、おっ、お帰り、啓史兄さん」

焦って愛想を振りまくように声をかけた順平に、啓史は歩み寄る。そして、次の瞬間、順平の頭をガシッと掴んだ。

「わっ！」

「よお、順平」

脅《おど》すように呼びかけた啓史は、順平の頭に手を置いて力任せにガクガク揺らす。

「なっ、なっ、や、やめてよぉ」

「ふん、聞こえたぞ」

「き、聞こえたって？」

「聞かれて困るようなこと、話してただろう？」

「け、啓史兄さんのことじゃないよ。ねっ、沙帆子さん」

救いを求めるように呼びかけられ、沙帆子は慌てて頷《うなず》いた。

「は、はい」

「まったく。啓史、お前ときたら……順平を見ると、いたぶらなきゃ気がすまないんだな」

徹の声が思ってもいない方向から聞こえ、沙帆子はぎょっとした。

見ると、徹は空《あ》いているソファに腰かけているし、宗徳は食卓に歩み寄っていくところだった。

啓史が順平をいたぶっているのに気を取られて、まるで気づかなかった。

「なら、なんの話をしてた？」

徹の言葉をスルーし、啓史は沙帆子を問い詰めてくる。沙帆子は顔をひきつらせた。

困った。この状況、非常に困った。

この場に徹がいるというのに、徹のことを話していたとは言いづらい。

順平を見ると、彼は啓史に頭を掴まれたまま、進退窮《しんたいきわ》まったとばかりに目を泳がせている。

どっちに転がっても、順平さんにとっては困った事態になるわよね？

それにしても……順平さんって、まるでいつもの自分を見るようで、なんとも切ない。

よ、よしっ！　ここはひとつ、このわたしが機転を利《き》かせて、順平さんをこのピンチから救ってあげなきゃ。

けど、どうやって？

18　いまはここまで　～啓史～

順平の奴、誤魔化《ごまか》そうとするとは。しかも、沙帆子まで味方につけようとしやがって、許せねぇ。

頭が固いとか、呆れるくらい柔軟性がないとか……

思い出すと、沸々と憤《いきどお》りが増してきて、順平の頭を掴む手に自然と力がこもる。

「や、や、やめて、啓史兄さん。放してよぉ。頭がつぶれちゃうよ」

「こんなことくらいで、つぶれるわけねぇだろ」

「つぶれるかもしれないじゃん」

泣きそうな表情で順平は訴えてくる。

正直に認めて謝れば、許してやらないでもないのに……

「啓史、そろそろやめてやれ」

食卓についた宗徳が声をかけてきた。

ソファに座っている徹は、愉快そうに眺めている。キッチンにいる母は呆れ顔だ。

「ほら、正直に言えよ。そうすれば……」

そう言ったところで、沙帆子が駆け寄ってきて、啓史の腕を掴んだ。

「先生！　ちょっと来てください」

沙帆子らしくない強引さで、ぐいぐい引っ張る。どうやらドアの外に連れていくつもりのようだ。

「お、お前……？」

順平から手を離し、啓史は沙帆子に引っ張られるまま部屋から出た。

ふたりになってほっと息をついている沙帆子を、啓史は睨《にら》んだ。

「おい。説明しろ！」

問いただすと、沙帆子は顔を一瞬上げて、啓史の腕をまた引っ張り始めた。

「先生、こっち」

「お、おい？」

いったいどこに連れていくつもりなのかと思っていたら、例のピンクの部屋に入る。

ドアを閉めた沙帆子は、掴んでいた腕を離し、部屋に視線を向けた。そして、嬉しそうに微笑む。

いったいぜんたい、なんなんだ、こいつは？

「おい、何を笑ってる？」

咎《とが》めるように聞くと、沙帆子は慌て始めた。

「あ……い、いえ……笑ったのは、違うんです」

「は？　違うってなんなんだ？　お前、さっぱりわからないぞ」

「だ、だから笑ったのは、ここに入ったら、安心しちゃったからで……」

「安心？　そうなのか？」

「はい。なんか、自分のテリトリーに入った気がして安心しちゃって。だからそんな風に思う自分に笑っちゃったんです」

「そうか……まあ、ここはすでに、お前と俺の……いや、お前の部屋だな」

啓史は苦笑しつつ言った。ここは俺の部屋とは言い難《がた》い。だいたい俺の部屋は母屋《おもや》にあるんだしな。

「先生の部屋にはしたくないですか？」

不安そうに尋ねられ、啓史は眉を寄せた。いまのは失言だったか？

「お前と一緒なら、いいさ」

啓史はそう言い、沙帆子をソファに連れていった。

「ほら、座れ」

沙帆子に連れ出されたのにはびっくりしたが、考えてみたら、これで気になっていた料理のことを聞ける。

だが、まずは順平についてだな。

「順平のことなら、別にお前が気にすることはないんだぞ。あれはいつものことだ」

「あの、さっき順平さんが話していたことですけど」

「うん？」

「実は、テッチン先生のことを話してたんです」

「徹兄の？　だが、頭が固いとか、呆れるくらい柔軟性がないとか言ってただろ？」

そう指摘すると、沙帆子は目を丸くする。

「しっかり聞こえてたんですね」

「ああ、だから誤魔化《ごまか》そうとしても無駄だぞ」

「ちっ、違います！」

沙帆子は焦《あせ》ったように叫び、言葉を紡《つむ》ぐ。

「あれは、ほんとに先生のことじゃなくて、テッチン先生のことを話してたんです」

「なら、なぜそんなに焦《あせ》る？　誤魔化《ごまか》してるようにしか見えないぞ」

「だって、先生が焦《あせ》らせるから」

啓史はぎろりと沙帆子を睨《にら》んだ。

「俺のせいだってのか？」

凄《すご》んだら、沙帆子は一瞬ビビったようだが、負けじと食ってかかってきた。

「そうですよ！　先生のせいですよ！　違うって言ってるのに信じてくれないんだもん。わたしのほうががっかりですよ」

不満たらたらに言い返され、啓史は思わず沙帆子の頬を両手で挟んだ。逃げようとするので、さらにぐっと力を込める。

沙帆子の顔のパーツが真ん中に寄る。唇はアヒルのように突き出て、啓史はあやうく噴き出しそうになった。だが、ここで笑うわけにはいかない。

顔を挟んだまま、沙帆子の言葉を思い返す。

違うと言っているのに信じてくれない。自分のほうががっかりだ、と沙帆子は言った。

「や、やへへぇ～」

沙帆子は啓史の両手首を掴み、必死で抗《あらが》い始めた。

「ごめん」

啓史は反省して謝った。

沙帆子が順平を守るために俺に嘘をつくはずがない。俺は沙帆子の言葉を信じるべきだった。

目をぎゅっと瞑《つむ》っていた沙帆子が、戸惑いを見せながらもそっと目を開け、啓史を窺《うかが》ってくる。

戸惑いもするだろう。なぜなら謝っているわりに、ほっぺたから手を離していないのだ。沙帆子のことを疑ったことが気まずいというか……

「へんへい……こ、こおへを……」

沙帆子は手を離してくれと、頼んでくる。必死に訴えてくる沙帆子が可愛くてならない。

啓史はにやけつつ、沙帆子を見つめ返した。

まあ、こんなもんで解放してやるか……

そう考えて力を緩めた瞬間、パチーンと派手な音とともに、両頬に衝撃が走った。

沙帆子のほうも自分でやっておきながら驚いたようで、「わっ！」と叫ぶ。

啓史の顔を両手で挟んでいる沙帆子をじっと見つめ返したら、彼女は怯《おび》えたように顔をヒクヒクさせた。それでも沙帆子は啓史の顔を挟んだ両手を離そうとしない。

「え、えーっと……な、なんか……その……あの」

こいつ、俺に仕返ししたものの、俺が怖くてどうしていいかわからなくなってるのか？

もっと思い切りやり返してくればいいのに……

「ふっ」

小さく笑うと、沙帆子は慌てて手を引っ込めた。

「くっくっくっ……くくく……」

「せ、先生……あの……？」

沙帆子におずおずと話しかけられ、啓史は笑いを引っ込めた。

「それで？」

先ほどの話の続きを促《うなが》す。

「えっ？」

「あのとき話していたのは徹兄のことだったんだろう？　詳しく聞かせてくれ」

「ああ、はい。……あの、えっと、ちょっと待ってくださいね。思い出しますから」

「なんだ、ついさっきのことなのに、思い出せないのか？」

「ちょ、ちょっと待ってください。順番に思い出してるんです」

順番でなきゃ思い出せないのか？

「面倒な奴だな」

呆れたように言うと、むっとした顔で睨《にら》まれた。

「頭の出来が悪いんです。すみませんね」

反抗的に言った沙帆子は、しまったというように口を押さえた。

「ご、ごめんなさーい」

啓史から慌てて身を離そうとする沙帆子の手首を、啓史はさっと掴んだ。

「そう怯《おび》えるな。別に怒っちゃいない」

そう言って沙帆子を胸に抱き寄せる。

「せ、先生?」

「話はあとにしよう。もう戻らないとな。みんな、昼飯食うの、待ってるだろうから」

「あっ、で、ですよね」

沙帆子は慌てて立ち上がろうとしたが、啓史は放さなかった。

「せ、先生?」

沙帆子の耳元に口を寄せ、「啓史だろ?」と囁《ささや》く。

ドギマギしている沙帆子の目を覗《のぞ》き込み、それから唇を軽く触れ合わせる。そして、啓史を誘う唇をひと差し指ですっとなぞった。

もっと沙帆子を味わいたいが、いまはここまでだな。

立ち上がった啓史は、沙帆子を連れて、みんなのいるリビングに戻った。

19 内心身悶《みもだ》え ～沙帆子～

佐原家一同がいるリビングに戻るのには、かなりの抵抗を感じた。

わたしが先生を無理やり連れ出したこと、みんなどう思ったんだろう？

順平さんは、あれで窮地《きゅうち》を脱したんだろうか？

テッチン先生は、知らぬが仏状態でいらっしゃるのだろうか？

徹はとても勘が鋭いので、順平の言動でバレているかもしれない。

あれこれ考えて悩んでいる沙帆子とは対照的に、啓史は平然とリビングに向かう。

啓史のあとについて入り、なにげなく昼食の場に混ざってしまおう。

リビングに入ると、全員が食卓に着いていた。入ってきたふたりにみんなの目が向く。

うわーっ、落ち着かないんですけど……

「さあさあ座って」

久美子が促《うなが》してきた。沙帆子は頷《うなず》き、啓史と食卓に歩み寄った。

空《あ》いている席は、もちろんふたつ。先に啓史が座ったのだが……

えっ⁉　位置が違う！

沙帆子は唖然《あぜん》とした。

「沙帆子？」

「沙帆子さん、どうしたの？」

「な、なんでもありません」

啓史と久美子から続けて呼びかけられ、沙帆子は慌てて空《あ》いている席に座った。

初めて訪問したあの日と同じ位置に座るんだと思ったんだけど……

あの日沙帆子が座った席には、徹が座っているではないか。

どっ、どっ、どっ、どうしよう！

このままだと、テッチン先生が甘い味付けの料理を食べることになってしまう。

動揺していると、宗徳と目が合った。

思わずぎょっとしたうえに、目を泳がせて視線を逸らしてしまった。

ど、どうしよう？　いまのもの凄ーく挙動不審だったよね？

そのとき久美子が「啓史さん」と呼びかけた。沙帆子には、その声に不信感が滲《にじ》んでいるように聞こえた。

「うん、何？」

「あなた、沙帆子さんが困るようなこと、したんじゃない？」

えっ？　わ、わたし？

驚いた沙帆子は、啓史に目を向けた。ふたりの目が合う。

「どうして？」

心外だというように、啓史は母親に視線を戻して言う。

「だって……沙帆子さん、大丈夫？」

久美子は言葉をにごし、心配そうに沙帆子に問いかけてきた。

正直、大丈夫ではないのだが……

「だ、大丈夫です」

動揺してちゃだめだ。挙動不審にならないようにしなきゃ。

けど……テッチン先生、どうするだろう？　甘いおかずを食べて、『これ甘いぞ』って言うだろうか？　そんなことを口にしたら、徹の料理だけが甘いってことがバレてしまう！

そうなったら当然、『それは啓史さんのだわ』とお義母さんは言うだろう。わたしが置く場所を間違えたと思って……

そういえば、テッチン先生とお義父さん、順平さんの三人も、先生が甘党だと思っているのかな？

もしそう思っているのが、お義母さんだけだとしたら……

先生の味付けだけを甘くしていた事実が明らかになった場合、テッチン先生たちは、先生は甘党ではないという真実をお義母さんに告げることになって……

ま、まずい。それって絶対まずい。お義母さんがショックを受ける。

ここは何がなんでも回避しないと！

「それじゃ、いただこう」

宗徳の言葉に、沙帆子は息を呑んだ。

どうしよう、食事が始まってしまう。

テッチン先生……甘くても、黙って食べてくれないだろうか？

必死に祈っていると、みんなが食べ始めた。そっと徹を窺《うかが》ってみたら、ちょうど頬張るところで、
沙帆子は息を止めた。

いまにも徹が何か言い出すんじゃないかと、戦々恐々《せんせんきょうきょう》としてしまう。

心臓をバクバクさせていた沙帆子だが、自分だけ食べずにいたら不自然だと気づき、箸を持つ。

けど、正直、食事どころじゃない。

ああーん、どうしよう！

そのとき、背中に何かが触れた。どうやら啓史が沙帆子の背中をそっと撫《な》でたらしい。

啓史と目を合わせると、彼はみんなに気づかれないように微《かす》かに頷《うなず》いた。その表情は微妙に嬉しそうだ。

これは、料理が甘くなかったということだろう。

沙帆子が無事に取り替えたのだと、啓史は思ったに違いない。

先生が喜んでくれたのはいいんだけど……甘い料理を食べているテッチン先生が気にかかってならない。

啓史の向こう側に座っている徹を、再びさりげなく窺《うかが》ってみる。

咀嚼《そしゃく》している徹を見て、ごくりと唾を呑み込んだ沙帆子だが、徹は普通に食べている。

見たところ、なんの問題もなさそうだ。けど、甘いはずなのだ。

テッチン先生、誰も何も言わないから黙ってるのかな？

予想していた事態にはならなかったが、わけがわからず、不安はさらに膨《ふく》らむ。

「沙帆子？」

考え込んでいたら、啓史に呼びかけられた。なぜか、心配そうに見つめてくる。

えっ、先生、どうしてそんな顔してるの？

「うん、美味しいね」

順平が無邪気に言い、啓史のことが気になりつつも、沙帆子は順平に顔を向けた。

「あら、そう。ありがとう、順ちゃん」

「母さん、今日の味付け、最高だよ」

「お前は、いつも同じことを言っている気がするが……」

宗徳にからかうように突っ込まれ、順平は唇を尖《とが》らせる。

「僕は、美味しいから美味しいって言ってるの。みんながちゃんと感想を言わないから、みんなのぶんまで、僕が言うようにしてるんだよ」

ぷりぷりしながら順平が言うと、久美子は嬉しそうにくすくす笑う。

「順ちゃん、ありがとう」

「どういたしまして」

微笑ましい親子のやりとりに、沙帆子は笑みを浮かべた。

どうなっているのかさっぱりわからないものの、とりあえず騒ぎにはならなかったのだ。不安はひとまず置いておき、沙帆子も料理をいただくことにした。

一口食べて、その美味しさに、申し訳ない気持ちが膨《ふく》らむ。テッチン先生は、わたしが食べるはずだった甘い料理を食べてるのに……

「あの、沙帆子さん、どう？　母さんの料理、美味しいでしょう？」

順平が尋ねてきて、沙帆子は顔を上げた。

「あっ、はい。とっても美味しいです」

間違いなく美味しいので、心を込めて伝える。するとそのタイミングで、啓史が喉を詰まらせたかのような咳《せき》をした。

「せ……けいし、さん？」

「ああ、いや、ごめん」

もごもご言いながら、謝ってくる。

そうか、先生はわたしが先生のぶんの甘い料理を食べてると思って……

うわーっ、そうじゃないのに。食べているのは、テッチン先生で……

なんとも複雑な心境になる。

沙帆子は美味しい料理を味わいながら、内心身悶《みもだ》えたのだった。

20　そこがツボ　～啓史～

「久美子、私はちょっと母屋《おもや》のほうに行ってくるからな。すぐに戻る」

沙帆子と久美子が昼食の片付けに入ったタイミングで、宗徳が声をかけた。さらに宗徳は、啓史に促《うなが》すような視線を向けてくる。

沙帆子の祖父母との顔合わせの際の話を聞きたいのだろうが……

いまからか。

その前に、沙帆子をここから連れ出したかったのに……

先ほど沙帆子に引っ張られていったときに料理の入れ替えについて話せばよかったのだが、俺ときたら、すっかり頭から飛んでしまって……戻って食卓に着いた途端に気づくとは、馬鹿じゃないのか！

こんな風に、あとになって吠えても虚しいばかりだが。

結局、啓史の料理は甘くなかった。沙帆子が啓史用の甘い料理を食べてくれたのだ。そのせいで、沙帆子の気分が悪くなっていないか、気になって仕方がない。沙帆子の表情を窺《うかが》う限りでは、大丈夫そうだが……でも、もしかしたら本当は気分が悪いのに我慢しているのかもしれない。

あー、料理の交換なんて頼むんじゃなかった。こんなに気を揉むぐらいなら、自分が苦しい思いをしたほうがましだった。

「あら、そうなの。じゃあ、戻ってきたらお茶を用意するわね」

「私は緑茶でいい」

「俺はコーヒーを頼む」

「俺もコーヒーでいいよ」

啓史と徹も久美子に声をかける。

「あら、啓史さんと徹ちゃんも一緒に行くの？」

「ああ。男だけの会合をしようと……」

「ええっ、なら、僕もまぜてよぉ。僕だっていっぱしの男なんだからさぁ」

沙帆子と一緒にシンクに食器を運んでいた順平が不服そうに言う。

思わず笑いが込み上げた。いっぱしの男という台詞《セリフ》が、こんなに似合わない男もいないだろう。

「お前は片付けの手伝いをしろ。独り立ちしていない学生は、家の手伝いをするべきだろ」

「えーっ！」

順平は徹の言葉にむっとして叫んだものの、すぐに態度を変えた。

「まあいいや。こっちのグループのほうが、断然楽しそうだしぃ。ねっ、沙帆子さん？」

順平の言動にかなりむかついたが、ここでこいつに文句を言ってはみっともないと、我慢する。

沙帆子にあんまり馴《な》れ馴《な》れしくすんなよと脅《おど》しておこうか。だが、そんなことをしたら、徹にからかわれるに決まっている。

まあ、お袋も一緒だしな。ここは目を瞑《つむ》ろう。

部屋を出る直前、沙帆子と視線を交わす。

沙帆子はちょっと落ち着かない様子で、啓史に小さく頷《うなず》いた。

やっぱり、そわそわしてるように見えるな。胸焼けしてんじゃないのか？

水を飲ませてもらえと声をかけたいが、それもできない。

啓史はもやもやした気持ちを抱え、父と兄の後についていったのだった。


「それで？」

母屋《おもや》の居間に落ち着くと、すぐさま宗徳は話を促《うなが》してきた。

「幸弘さんの父親は、親父以上に威厳《いげん》があったよ。視線でひとを緊張させるようなひとだった」

「そうか。それで、お前は気に入ってもらえたのか？」

「ああ。気に入ってもらえたと思う。彼女の婚約者として認めてもらえた」

「孫はまだ高校生なのにって、話にはならなかったのか？」

徹の言葉に啓史は笑った。

「もちろん言われたさ。似合っていないって言われた」

「そうか。いや、確かに、お前とエノチビは、お似合いではないな」

「徹兄！」

「そう睨《にら》むな。本当のことだろ」

「まあ、そんなことは気にしなくてもいい。数年経てば、似合いの夫婦になる」

宗徳が笑いながら、なだめるように啓史に言う。

「まあ、そうだな。化粧をすれば……あ」

「徹、どうした？」

「いや、啓史に言われたことを思い出して……」

「忘れないでくれよ」

釘をさすように言うと、徹が頭を掻《か》く。

「なんだいったい？」

「いや、エノチビが、化粧をすることについて俺に気兼《きが》ねしてるらしいんだ。ここに結婚の報告に来たとき、化粧をしていたのを俺が頭ごなしに叱ったもんだから」

「……ふむ。そういうことなら、今日のうちに話したほうがいいな」

「だよな。そうする」

「それで、幸弘さんのほうの実家では、特に問題はなかったのか？」

その瞬間、洋一郎のことがぽんと浮かび、顔が歪《ゆが》んでしまう。

「何かあったのか？」

父に聞かれ、啓史はため息をついた。

洋一郎については、ふたりにも話しておいたほうがいいだろう。沙帆子の下宿先に顔を出すと言っていたし、今後、充分に注意しなければならない人物だ。

啓史は洋一郎について手短に話した。

「なんだ、エノチビの奴。親戚に凄いのがいたもんだな」

洋一郎の話に大ウケしたらしく、徹は笑いながら言う。こっちはちっとも面白くない。

「その洋一郎という人物については、広勝《ひろかつ》兄さんにしっかり伝えておいたほうがいい」

「だな。そいつ、バイクでエノチビの下宿先に頻繁《ひんぱん》に様子を見に行きそうだしな。そうなったらやっかいだぞ」

「沙帆子君があそこに下宿していないということを、絶対に気づかれないようにしなければならんぞ」

「ありがたいことに、どんどん不安になってきたよ」

啓史は皮肉めかしてふたりに言った。相談するつもりが、さらに不安を煽《あお》られることになるとは……だが、俺も不安に感じていたから、洋一郎のことをふたりに詳しく話したんだよな。

「啓史、幸弘さんは、彼についていてなんと言っていた？」

「『悪い奴じゃないから、嫌ってくれるな』って言っていたよ。……そういえば、芙美子さんが、彼は幸弘さんに性格がそっくりだって言っていたっけ」

「それは、それは……相手に不足なしってところか？　で、年齢は？　お前より上か下か？」

「俺より、ふたつ上。柔道の有段者らしいよ」

沙帆子に抱きついた洋一郎に激怒し、思い切り突き飛ばしてやったが、地面に転がすことはできなかった。

「接骨院に柔道か……もしや、祖父の重蔵氏も有段者なんじゃないか？　幸弘さんの兄も」

「はっきりとは聞いていないけど、そうなんじゃないかと思う」

「へぇ、柔道一家だったか……よかったな啓史」

「よかったって、何が？」

聞き返したら、徹の言いたいことに気づいたのか、宗徳が笑う。

「沙帆子さんだろう」

「沙帆子？」

「彼女が有段者でなくてよかったなと、徹は言いたいんじゃないか？」

「そういうこと。あのちっこいエノチビに、お前が軽く投げ飛ばされてたりしてな」

「あいつが有段者であったとしても、俺は投げ飛ばされたりしない。洋一郎にだって負ける気はしないしな」

「お前、嫌味なほど身体能力が高いからな」

「まあ、柔道の話はもういいだろ。それより啓史、洋一郎君については、幸弘さんに相談してみるのがいい。最善の策を考えてくださるだろう」

「そうだね。そうするよ」

幸弘に相談するという結論に行き着き、啓史の不安は少しだけ薄れた。


離れのリビングに戻ると、沙帆子たちは結婚式の写真集を仲良く眺めていた。邪魔するわけにもいかず、啓史は仕方なく食卓のテーブルに腰かけた。本当は戻ってすぐに沙帆子を連れ出そうと思っていたのだが……

久美子がコーヒーを出してくれる。

とにかく、こいつを飲み終わるまで待つとしよう。

沙帆子をここから連れ出すそれらしい理由を考えつつ、コーヒーを飲む。

順平から、ゲームのソフトを借りることにでもするか？

ふたりだけで部屋を出るより、順平が一緒のほうが自然に見えるだろう。

「順平」

コーヒーを飲み終え、啓史は順平に声をかけた。

「うん、なあに、啓史兄さん」

久美子の隣に座って、自分のカメラマンとしての腕を自画自賛《じがじさん》していた順平は、上《うわ》の空《そら》で返事をする。

「お前のコレクション、沙帆子に見せてやってくれ」

順平はきょとんとする。

「僕のコレクションって……なんのこと?」

「お前のコレクションと言えば、テレビゲームのソフトに決まってるだろ」

「ええーっ、テレビゲームは、別にコレクションじゃないよ」

「部屋にぎっしりあるじゃないか」

「あれは兄さんたちが、勝手に僕の部屋を、ゲーム機やゲームソフトの収納場所にしただけじゃないか」

「ふーん、そうだったのか。……なあ、順平」

ふたりの会話に、急に徹が口を挟んできた。順平は不安を滲《にじ》ませて身構える。

「なっ、何、徹兄?」

「邪魔なもんなら、俺が処分してやろうか」

にやついた徹がそう申し出た途端、順平は慌てふためく。

「しょ、処分なんて、駄目だよ」

「収納場所にしてほしくないんだろ？」

徹と順平が勝手に会話を進め始め、啓史は苛立《いらだ》った。

コレクションのことを持ち出したのは、沙帆子をここから連れ出すためだったのに……

「徹兄。順平をからかうのは、俺の話が終わったあとにしてくれ」

「お前、少しは順平を庇《かば》ってやれよ」

徹は呆れたように言う。

「庇《かば》う必要性を感じないけど……」

「啓史兄さん、その言い草、ひど過ぎるよぉ」

予想通りの順平の反応に、啓史は苦笑し、立ち上がった。

「沙帆子、ほら、行こう」

沙帆子を促《うなが》してドアに足を向けると、順平が先に部屋を出ていく。

順平の部屋で、沙帆子がゲームソフトを選び、それに必要なゲーム機も借りる。そのあと、ようやく沙帆子を自分の部屋に連れていくことができた。

「ごめんな。もっと早くと思ったんだが……水、すぐに持ってきてやるからな。座って待ってろ」

そう言い置き、一階に駆け下りた啓史は、グラスに水を入れて、沙帆子のところに戻った。

「ほら、飲め。一杯で足りなかったら、すぐに二杯目を持ってくるから」

「あの……どうして？」

戸惑ったように問われ、啓史も首を傾《かし》げる。

「うん？　甘いものを食い過ぎたから、水が欲しいんじゃないのか？」

沙帆子は目を見開いたかと思うと、泣きそうに顔を歪《ゆが》めた。

その反応を見て、内心頷《うなず》く。やっぱり甘い物を食べ過ぎて気分が悪かったんだな。

「わ、わたしには、そんなに甘くなかったです」

「ほんとか？　無理しなくていいんだぞ。ほら、飲め」

飲むように勧めると、沙帆子は頷《うなず》き、グラスの水を飲む。

ようやく水を飲ませてやれてほっとしたが、美味しそうに飲む様子に、罪の意識に駆られてしまう。

「ご馳走様でした。先生、ありがとうございました」

「もう一杯持ってきてやるぞ」

「いえ。もう充分飲みましたから。これ以上は飲めません」

「そうか」

空《から》になったグラスを沙帆子から受け取り、啓史は机の上に置いた。

「沙帆子、ほら、ベッドに座れよ」

啓史は先にベッドに座り、沙帆子にも座るように勧めた。

「はい。失礼します」

畏《かしこ》まって返事をし、啓史の隣に腰かけた沙帆子は、部屋の中をゆっくりと眺め回す。

「先生のこの部屋、学生っぽい感じがしますね」

「そうだろうな。社会人になってから、あのマンションに引っ越したし。ここに住んでいた間は、ずっと学生だったわけだからな」

「高校生の頃から、部屋の雰囲気は変わってます？」

「どうなんだろうな？　自分じゃわからないな」

「あの……高校生のときの制服って、残してあるんですか？」

「高校の制服か……少なくとも、この部屋にはないな。お袋が片付け……ああ、そうか」

「先生？」

俺の制服は順平が使ったはずだ。あいつと俺は、同じ工業高校に通った。

「順平が持ってるかもな」

「順平さん？　ああ、そうでした。順平さんは先生と同じ高校だったんでしたね」

「お前、制服が見たいのか？」

「は、はい。どんなのかなぁって、興味が……」

「見るようなものじゃないけどな。それに、お袋がもう処分したかもしれないが」

「きっとありますよ！」

なぜか沙帆子は、きっぱりと断言する。

「なんでそう思う？」

「お義母さんは、絶対に捨てたりしないと思うんです。きっとテッチン先生のもあるんじゃないかと思いますよ」

「徹兄のか。お前、徹兄の制服も見たいのか？」

「そういう意味で言ったんじゃないですよ。見るのは先生のだけでいいです」

沙帆子はくすくす笑いながら言う。

つまり、俺のだから見たいわけか……思わずにやつきそうになる。

「それじゃあ、そのうちにな」

「はい。そのうちでいいので、よろしくお願いします」

「こんなことでお願いされてもな」

それにしても、こいつときたら、プライベートで白衣を着た俺が見たいとか、高校の制服姿が見たいとか……

白衣か……今夜、マンションに帰ったら着てやるか？　一枚だけなら写メも許してやるとしよう。

今日こいつには、さんざん迷惑をかけたからな。

啓史は、彼の部屋を興味深そうに見回している沙帆子をそっと見つめた。

あまり大胆なことはできないが、少しだけ沙帆子を味わいたい。

啓史は身を屈《かが》めて顔を寄せ、そっと唇を合わせた。沙帆子は突然のことに驚き、固まってしまう。

ついばむように触れ合わせたあと、唇に沿《そ》って舌を這《は》わせる。ビクッと身を震わせる沙帆子を、啓史はぎゅっと抱き締めた。

柔らかな身体の感触に至福《しふく》に浸っていたら、ノックの音が聞こえた。

「啓史、いるのか？」

徹の声だった。

仰天《ぎょうてん》した沙帆子は、啓史の胸を押して身を離す。

なんなんだこのタイミングは……徹兄の奴。

「いるけど」

「いまいいか？　例の話をしに来たんだが……」

ああ、化粧のことか……来てくれたのはありがたいんだが……

沙帆子の頬はうっすら赤く染まっているが、このくらいなら、いくら徹でもキスをしていたとは思わないだろう。

「どうぞ」

啓史がそう言った途端、沙帆子は焦《あせ》って居住まいを正す。まさに教師を迎える生徒のようだ。

ドアが開き、徹が入ってきた。ベッドに並んで座っている啓史と沙帆子を見た瞬間、徹は複雑な顔をする。

「そっちの椅子にでも座ったら」

啓史は勉強机の椅子を指してすすめた。

「それじゃ、座らせてもらうわ」

どこか落ち着かない様子で、徹は椅子を手前にくるんと回して座り込んだ。

「エノチビ」

間をあけず、徹はさっそく用件を切り出す。

「はっ、はい」

「こら沙帆子、緊張するな。徹兄は、もうお前の担任じゃないんだぞ」

「そんなこと言われてもぉ」

「啓史、まあ、ぼちぼちでいいだろう。それより、エノチビ」

「はいっ」

沙帆子ときたら、徹に呼びかけられるたびに緊張している。言うなればすごろくで、絶えずふり出しに戻っているようなもんだな。まるきり前進していない。

「化粧のことで、お前を頭ごなしに叱ってしまって、すまなかった」

徹は椅子から立ち上がり、深々と頭を下げる。

「ええっ！　せ、先生！」

沙帆子はびっくり仰天《ぎょうてん》している。

「お前は、好きで化粧をするわけじゃない。必要に駆られてのことだものな」

目を見開いた沙帆子は、こくんと頷く。

「というわけで、ここに来るときも、気兼《きが》ねせずに堂々と化粧をしてこい。俺のことなんか気にするな」

「は、はい」

「以上で……どうだ、啓史？」

徹は啓史に向き、いまの自分の出来を尋ねてくる。

「いいんじゃない」

「よし、任務完了だな。それじゃあ、邪魔したな」

徹はそう言うと、あっという間にいなくなった。

どうやら徹は、この部屋で三人でいることに耐えられなかったようだ。

俺と沙帆子の雰囲気が、そんな気分にさせたんだろうか？

「びっくりしました」

「化粧のこと、これで気がラクになったか？」

そう尋ねると、沙帆子は驚いたようにこちらを見つめてきた。

「先生、わたしのために、テッチン先生に言ってくれたんですか？」

感激した口調で聞かれ、啓史はいい気分で頷《うなず》いた。

沙帆子がぎゅっと抱きついてくれるかと、期待する。だが、沙帆子は抱きついてくることなく、小さく噴き出した。

「気兼《きが》ねせずに堂々と化粧してこいって」

そこがツボだったのか？

沙帆子は両手を口に当て、くすくす笑い続ける。

肩透かしを食らったものの、沙帆子の心が軽くなったのが伝わってきて、啓史はほっとした。

21　いまさら自覚　～沙帆子～

四時になり、沙帆子は啓史とともに帰ることになった。このあと、橘家に行くことになっている。

甘い料理のことはいまだ謎のままだ。ひどく気になるが、いまさらどうしようもない。

それにしても……啓史が水を持ってきてくれたことを思い出すと、胸がいっぱいになる。

普通の水を、あんなにも美味しいと感じたのは初めてだ。

甘い料理を食べ過ぎて、水を飲みたがってるんじゃないかと、先生はずっと気にしてくれていたのだ。けど、本当はわたしは、甘い料理を食べてないんだよね。

だけど……あんな風に気を使ってもらって、とてもじゃないけど本当のことは言えなかった。

啓史は、玄関で見送る家族に向かって「それじゃあな」と声をかけた。沙帆子はつい徹に視線を向けてしまう。

やっぱり、テッチン先生が甘い料理を食べたのかな？

すると、沙帆子の視線に気づき、徹が『なんだ？』と言うように、眉を上げた。沙帆子はハッとし、慌てて視線を逸らす。

し、しまった！　勘のいいテッチン先生にこんな態度をとってはまずい。

墓穴を掘ってしまったかも……

後悔を覚えつつ、沙帆子は啓史のあとに続いてそそくさと外に出た。

「疲れたか？」

門を出ながら啓史が労《いたわ》るように聞いてくれる。その気遣いが嬉しくて、沙帆子は笑みを返した。

「そんなことないです。全然疲れてません」

「ほんとか？」

母屋《おもや》の駐車場に停めてある車に向かいながら、啓史は愉快そうに沙帆子を見る。

「昨日、お前の親戚の家に行ったときと比べると、どう見ても固かったけどな」

「自分の親戚と同じにはいきませんよ。気を張ったりもしましたけど、それでも思っていたほどではなかったです。……楽しかったです」

照れつつ言うと、啓史が「そうか」とやわらかい笑顔を返してくれる。そして沙帆子の頭の上に手を乗せてきた。

あっ！　帽子！

沙帆子は慌てて手にしていた帽子を被った。

「わ、忘れてました」

「俺も忘れてた。……俺たち、まだまだ注意が足りてないな。親父にあれほど油断するなと言われたのに」

「わたし、もっと気をつけます！」

力強く言い、視線を前に向けた沙帆子はぎょっとした。

啓史の車の側に、なんといま別れたばかりの徹がいる。

「徹兄、どうした？」

啓史が駆け寄っていく。沙帆子はなんとなく不安を覚えた。

「ちょっと乗せてくれ」

「どうして？　まさか、俺らと、橘の家に行きたいってわけじゃないよな？」

「話がしたいんだ」

その言葉にドキリとする。まさか、さっきのわたしの視線を気にしているんじゃないわよね？

「ほら、みんなに見られると面倒だ。とにかく乗せてくれ。とりあえずここから離れようぜ」

啓史はわけがわからないとばかりに眉を寄せたが、すぐにドアのロックを外した。

徹がさっと後部座席に乗り込む。啓史は自分が手にしていた紙袋を徹に渡すと、沙帆子のほうを振り返る。

「沙帆子、荷物」

手を差し出してきた啓史に、沙帆子は自分が手にしていた荷物を渡した。これは久美子から橘家に持っていってくれと頼まれたもの。啓史はそれも徹に渡す。

「ほら、お前もさっさと乗れ」

思いもよらない成り行きに立ち尽くしていた沙帆子は、慌てて助手席に乗り込んだ。

「啓史、家からちょっと離れたところで停めてくれよ。あんまり遠くまで行くな。俺、歩いて帰らなきゃならないんだからな」

「わかった。けど……話って、いったいなんなんだ？」

啓史はそう問いかけつつ車を駐車場から出し、ゆっくりと走り出した。

沙帆子は心臓がドキドキしてならなかった。

テッチン先生が話したいことって、やっぱり料理のことなのかな？　わたしが料理の皿を入れ替えているところを見たの？

ど、どうしよう？　もしそうだったら凄くまずいことになる。

誰にも内緒なのに……わたし、先生に顔向けできないよぉ～。

「沙帆子、どうした？」

「エノチビ？　どうかしたのか？　緊張し過ぎて、胃でも痛くなったか？」

不安から顔を強張《こわば》らせて俯《うつむ》いていたら、啓史と徹が気遣わしげに聞いてきた。

「べ、別に痛くないです」

「ほんとか？」

啓史に念を押され、沙帆子は彼を安心させようと、顔を上げ、「はい」と元気に返事をした。すると、後部座席で「ぷっ」と噴き出す声がした。

「徹兄」

「すまない。お前らが、実に微笑ましくてな」

からかうように徹が言い、啓史がむっとする。

「で、話ってなんだ？」

車を停めた啓史は、刺々《とげとげ》しく聞く。沙帆子は息を詰めた。

「いや……エノチビが、俺に何か話したいことがあるんじゃないかとな……エノチビ？」

呼びかけられ、沙帆子は狼狽《うろた》えた。

や、やっぱり？　すでに証拠を掴まれてる？

「沙帆子？」

啓史も不審そうに呼びかけてくる。

こ、困った……なんて答えよう？

「は、話したいことは……別に……ないです」

「そうか？　さっき玄関で、俺を見て何か言いたそうにしていただろう？」

うわーっ、やっぱりあれがまずかったんだ。

だが後悔してももう遅い。沙帆子はごくりと喉を鳴らした。

なんとか、適当なことを言って誤魔化《ごまか》せないかな？

「あ、あれは……別に、ただ目が合っただけといいますか……」

口にしてみたものの、言い訳っぽくなり、顔がじわじわと赤らむ。

「……だそうだ。徹兄、そういうことだから、もう降りてくれ」

「おっと、そうくるか」

ふたりのそのやりとりに、ますます顔の熱が増す。何か言いたいことがあるのに言えずにいるのだと、このふたりにはバレバレだ。

「仕方ない。どうにも気になるが……降りるとするか」

苦笑しつつ徹が言う。

「てっ、テッチン先生」

ドアを開けて車から降りようとする徹を、沙帆子は慌てて呼び止めた。こんな風に別れては、徹に対して申し訳ない。甘い料理を食べさせてしまったことだって謝りたい。

「あの……その……」

ドアを開けたまま徹は沙帆子の言葉を待っている。

駄目だ。謝るためには、甘い料理のことを徹に話さなければならなくなる。啓史の了解を取らずに、勝手に話すわけにはいかない。

「沙帆子」

進退窮《しんたいきわ》まっていると、啓史が呼びかけてきた。彼を振り返り、どう口にしたものか悩む。

「あの……お料理の……ことなんです」

啓史の反応を見ながら口にすると、彼は眉を寄せ、後部座席の徹に視線をやる。

「料理って?」

ふたりを交互に見て、徹は聞き返してきた。その表情には戸惑いがある。

どうやら、徹は何も気づいていないようだ。

それならば、料理が甘かったそれらしい理由を告げて、テッチン先生に謝るのがいいかも。

沙帆子は必死に考えを巡らした。

「わ、わたし、テッチン先生の席が、自分の座るとこだと思ったんです」

「うん？」

「それで、わたし用に量を少なくしてて……なのにテッチン先生がそっちに座ってて、どうしようと思って。そ、それに、あの……わたしは料理は甘いほうが好きなので、自分の好みに合わせてちょっと甘くしちゃってたんです。テッチン先生に甘い料理を食べさせちゃったかなって、凄く気になってて……それで」

説明し終えた沙帆子は、自分にちょっと感心した。

かなりぐだぐだでしどろもどろだったが、いい感じに話をまとめられたんじゃないだろうか？

「そういうことだったのか。……それなら、お袋が入れ替えてたぞ」

その情報に、沙帆子は目を見開いた。

「は、はい？　お義母さんが？」

「ああ、順平が、今日は自分のぶんは少なくていいって言い出して……実はな、写真集を注文したあと、待ち時間を近くの喫茶店でつぶしてたんだ。俺はコーヒーを飲んだだけだけど、俺の奢《おご》りだからって、あいつ調子に乗って色々と飲み食いしたもんだから、腹がいっぱいになってたのさ」

つまりそれって？

「テッチン先生のところに置いてあった料理は、順平さんが食べたってことなんですか？」

「そうなるな」

な、なんてことだ、順平さんが食べたのか？

「けどあいつ、甘いとか、そんなことひと言も言わなかったぞ？」

啓史が首を傾《かし》げると、徹はくすくす笑い出した。

「エノチビがいて、あいつ興奮してしゃべりっぱなしだったからな、甘いとか気づかなかったんじゃないか？」

「……しあわせな奴だな」

啓史は感心したように呟《つぶや》いた。かなり小さな声だったが、徹の耳にも届いたらしく、くっくっと愉快そうに笑う。

「それじゃ、俺は行くわ。引きとめて悪かったな」

「あ、あの」

徹が行ってしまいそうになり、沙帆子は慌てて呼び止めた。

「うん？」

「お義母さんのお料理を勝手に甘くしてしまったこと……」

「ああ、そんなこと心配するな。お袋に言ったりしないさ」

「す、すみません」

頭を下げる沙帆子に笑って手を振り、徹は行ってしまった。しばし車内は静まり返り、沙帆子はおずおずと啓史に目を向けた。

心配してお水を飲ませてもらった手前、真実がバレて気まずい。

「なんか……先生、すみませんでした」

「謝るな。俺のために……沙帆子、悪かったな」

申し訳なさそうに言われ、沙帆子は慌てて首を横に振った。

「そんなこと」

「料理を入れ替えてくれなんて気安く頼んじまって……簡単じゃなかったろ？」

確かに、料理を入れ替えるのは難しかった。先生に頼まれたときは、簡単にできるだろうと思って軽く請《う》け合《あ》ったけど……みんなの目を盗《ぬす》んでやらねばならなかったわけで……

それでも、大変だったとは言いたくない。そんなことを言ったら、啓史は次からはもういいと言うに決まっている。それは沙帆子の本意じゃない。

どれだけ大変であっても、彼のためにこれからも取り替えてあげたいと思う。

「先生は無理しなくていいって言ってくれました。それに、ちょうどいいタイミングでわたしひとりになれたので、任務をやり遂げられたんです」

沙帆子は明るく報告した。

料理の量を調整し終えたところで徹から声をかけられて、あたふたすることになったが、それは内緒にしておこう。

「まあ、席を間違えて、失敗しちゃいましたけど」

小さく舌を出して言ったら、啓史が噴き出した。

「まさか、順平の奴が食べたとはな」

まるで気付かないまま甘い料理を食べた順平のことを思うと、笑いが込み上げてしまう。

テッチン先生が車に乗り込んできたときには、どうなることかと冷や汗をかいたけど……このまま迷宮入りになりそうだった謎が解けたのだ。おかげで心が晴れた。

「先生、わたし、次こそは失敗しないように頑張りますからね」

「いや、もういい」

そう言いつつ、啓史は車を発進させる。沙帆子は慌てて口を開いた。

「なっ、なんでですか？　わたしは大丈夫ですよ。ちゃんとやれます」

「いや、俺は自分勝手過ぎた。お前の迷惑も考えずに……考えなしですまない」

「そ、そんな」

「だから、お前に料理を入れ替えてもらわなくてすむようにする」

「えっ、それって……あの？」

「好みが変わったって伝える」

「好みが？　……でも、そんなの唐突過ぎないですか？」

「煙草《たばこ》をやめて、なんだか嗜好《しこう》が変わったんだ……なんてな。どうだ、それらしく聞こえないか？」

「あっ。それ、ありかもしれませんね。ありですよ」

啓史の考えを、沙帆子は勢いよく肯定した。そしてそうだったと思い出す。

佐原先生、ついこの間まで、煙草《たばこ》吸ってたんだよね。

教育実習のために学校にやってきた先生を、たまたま自販機のところで目撃して……そのときはまだ何者なのかわからなかったけど……彼は煙草《たばこ》を吸っていて……

煙草《たばこ》は沙帆子にとって天敵だったのに、啓史が煙草《たばこ》を吸っている姿は物凄く決まってて……ぽおっと見惚《みと》れてしまったのだ。

あのときの、あのひとが……いま、わたしの隣にいるんだ。

そう自覚した途端、ゾクゾクッと身が震えた。さらに心臓が騒ぎ始める。

沙帆子はバクバクする胸を押さえ、いまや自分の夫となった啓史の横顔を見つめた。

22　悪事暴露　～啓史～

伯父の家が近くなるにつれ、助手席に座っている沙帆子がもぞもぞし始める。

こいつ、ほんとわかりやすいな。

苦笑しつつも、気にはなる。

緊張する場所ばかり連れてきて、沙帆子は精神的に疲れているだろう。それでも、連れていかないわけにもいかない。

「悪いな」

そう声をかけたら、沙帆子がきょとんとする。

「はい？　悪いって、何がですか？」

「いや……伯父貴の家……緊張するだろ？」

「まあ、それは……でも、全然大丈夫ですよ」

緊張すると肯定しておきながら、全然大丈夫とは……

「お前、返事が矛盾してるぞ」

「矛盾ってことはないですよ。緊張はしますけど、大丈夫なんです。だって、麗子《れいこ》さんとは一緒にお買い物したりして親しくなれましたし、校長先生は、まあ、あれですけど……」

『まあ、あれですけど』がツボにはまり、思わず噴き出してしまう。

「おい、お前、運転中だってのに、あんまり面白いこと言うなよ」

「なんで文句を言われなきゃならないんですか？　面白いことを言ったつもりはありませんよ。先生が勝手に噴いたんじゃないですか。わたしは自分の思いを正直に口にしただけで……」

言われてみればその通りだ。

「すまん」

素直に謝ったら、沙帆子は目を丸くしている。

「謝ったのに、驚くな」

「えっ、こっち見てないのに、なんでわかったんですか？」

運転中でも、派手なリアクションはちゃんと視界に入る。

「ひとの視界は前方だけじゃないだろ」

「ああ、確かに」

納得したように言う沙帆子が笑える。

「意識すると案外見えるものですね。あ……」

沙帆子がなにやら思いついたのか、声を上げた。

「どうした？」

「緊張、ちょっと取れたなって。せ……けいしさん、ありがとうございます」

「なんで俺は礼を言われてんだ？」

「先生のおかげだから……あっ、また言っちゃった」

しまったというように、口に手を当てる。

「いまはふたりきりだから、まあいいさ。少しずつ改善されてるしな」

「あっ、はい」

嬉しそうに返事をする。運転していなければ、頭でも撫《な》でてやりたいところだ。

「しかし、そうか。伯父貴にはまだまだ緊張するか？」

「はい。校長先生ですし」

俺からすれば、いくら校長といっても伯父貴には威厳《いげん》も何もないけどな。でも、それは自分が甥《おい》だからだろう。

「伯父貴の奴、お前の前だと校長風を吹かすからな」

そう言ったら、沙帆子は笑い出した。

「先生にかかったら、校長先生もかたなしですね」

沙帆子の笑顔にほっとしたところで橘家に到着した。すると、沙帆子は笑みを消し、瞬く間に緊張した表情を見せる。

まあ、仕方がないんだろうな。

インターフォンを押すと、すぐに麗子が出迎えてくれた。

「待ってたわよ」

ウキウキした足取りで前を歩く伯母に、苦笑してしまう。

ダイニングに行くと、ソファにふんぞり返った広勝が、「よお」と手を上げて啓史と沙帆子を出迎えた。

こんな風にふんぞり返っているから、沙帆子が緊張するんだよな。

俺にとっては見慣れた風景だけど、改めて見ると厳《いか》めしいか……

「な、なんだ？　私の顔に何かついてるか？」

じっと見つめていたものだから誤解したらしい。

「ついてるよ」

真顔で言うと、広勝は慌てて自分の顔を触り始めた。

「お、おい、麗子。何がついとるんだ？　どこに……」

「何もついてないわ。啓史さんにからかわれたのよ」

「な、なんだと！　こら、啓史！」

怒鳴られた啓史は、にやりと笑って返す。

「俺は、顔のパーツが、と冗談で続けるつもりだったんだ。なのに伯父さんが慌てふためくから、タイミングを逃した」

「お前という奴は……」

むっとして睨んでくる広勝をスルーし、啓史は沙帆子に声をかけた。

「ほら、沙帆子。座らせてもらおう」

「ええ、沙帆子さん、座ってちょうだい」

ぷりぷりしつつ文句を言う広勝は、いい感じで厳《いか》めしさが緩んだようだ。

「まったくもおっ、お前ひとりなら追い返すところだぞ！」

「まあ落ち着いてくださいよ、伯父さん。ちょっとした冗談じゃないですか」

「飲み物を用意するけど、おふたりとも、何がいいかしら？」

「俺はコーヒーでいいよ。沙帆子、お前は何がいい？」

「わ、わたしは……」

「紅茶、ミルクティー、ココア、ハーブティー、それにオレンジジュースもあるけど」

沙帆子が選びやすいように、麗子がメニューを言ってくれる。

「それじゃ、ココアをいただきます」

「はい。ねぇ、沙帆子さんの好きな飲み物って何？　次に来るときには、用意しておくわ」

「こいつは、りんごジュースが好きなんだ」

自分からは言いづらいだろうと、啓史が伝える。

「わかったわ。それじゃ、用意しておくわね」

「ありがとうございます」

「ふふ。そんなに畏《かしこ》まらないで。といっても、なかなか無理かしらね」

沙帆子は恥ずかしそうに頷《うなず》いた。


「なんだか、信じられないわねぇ」

並んで座っている啓史と沙帆子を見つめ、麗子が感慨深そうに言う。

「結婚してから、一週間しか経っていないしな。顔を合わせた回数が少ないから、なおさらだろう。私ですら、まだ実感が薄い」

麗子はつまらなそうな顔をする。

「広勝さんはいいわよねぇ。学校で、いつでもふたりと会えるんですもの」

不満そうに言う麗子に、広勝は困った顔をする。

「そんなことはない。私だって、そう頻繁《ひんぱん》に会っているわけじゃないぞ」

ふたりのやりとりを聞いていた啓史は、ふいにあることを思い出した。

「ああ、そうだった。俺、伯母さんに聞こうと思っていたことがあったんだ」

「あら、啓史さん、何かしら？」

「伯父さんの悪事に、伯母さんも加担《かたん》していたのかなって」

「悪事？」

麗子が訝《いぶか》しげな顔をして広勝に尋ねる。

「あなた、なんのことなの？」

「お、おい、啓史、いったいなんのことだ？」

広勝は戸惑って聞き返してくる。どうやら、ぴんとこないらしい。

「ねぇ、啓史さん、沙帆子さん。悪事って、いったいどういうことなの？」

麗子は今度はふたりに聞いてくる。

「わたしもわからないです……あの、いったいどういうことなんですか？」

啓史はにやりと笑い、伯母に説明を始めた。

「結婚式の二日前、果樹園の家の窓を開けてほしいと、俺、伯母さんから頼まれたじゃないですか？」

「ああ、はいはい。そうだったわね」

麗子が相槌《あいづち》を打つが、広勝は顔を強張《こわば》らせる。

伯父貴、俺が何を言っているか、ようやくわかったようだな。

「け、啓史！　そのことは、もういいだろう」

広勝は必死に止めようとするが、もちろんやめるつもりはない。

だいたい、何が『もういいだろう』だ。こっちは全然よくないってんだ。

「俺が窓を開けに行っている隙《すき》を狙って、伯父さんは沙帆子を校長室に呼び出したんですよ。飯沢《いいざわ》の奴と結託《けったく》してね」

飯沢とは、悪友の敦のことだ。

沙帆子が「あっ」と声を上げる。どうやら記憶が繋がったようだ。

「購買でパンを買っていたら、突然、校長室に来るようにって呼び出しの放送がかかって……」

沙帆子は話を止めていったん考え込んだが、すぐに話を続ける。

「あのとき校長先生から、佐原先生は校外にいると聞いたんですけど、校外って果樹園の家だったんですね」

「ああ、そういうことだ」

沙帆子の説明に頷《うなず》きながら、啓史は広勝の様子を窺《うかが》う。

広勝は自分の悪事が暴かれていく状況に狼狽《うろた》え、目を泳がせている。

ふっ、いい気味だ。この俺を騙《だま》そうとすれば、こういう目に遭《あ》うのだと思い知ってもらおうじゃないか。

広勝の隣に座っている麗子は、まだ事の次第が呑み込めずにいるのか、夫の様子に眉をひそめている。

「あの、啓史さん。飯沢さんと結託《けったく》って、いったいぜんたい広勝さんは何をしたの？」

麗子は啓史に問いかけ、広勝にも尋ねる。

「啓史さんがいない隙《すき》を狙って沙帆子さんを呼び出して……ねぇ、広勝さん、あなた何をやったのよ？」

「いや、その、な」

顔をひくつかせていた広勝だったが、渋々説明を始めた。

「飯沢君が、沙帆子君が高校生だという事実がどうにも信じられないと言ってな。啓史に内緒で沙帆子君と会わせてほしいと頼んできたから……まあ、彼の願いを叶えてやろうかと……な」

「広勝さん」

麗子が冷ややかな声で広勝に呼びかけた。広勝は「う」と唸《うな》る。

「だからあなた、果樹園の家もそろそろ掃除しておいたほうがいいんじゃないかって、あの日、急に言い出したのね」

「い、いや……あれはその……本当にそう思ったからでだな」

「啓史さんに窓を開けてもらうといいと提案してきたのも、故意《こい》ではなかったとおっしゃりたいの？」

言い逃れできない問いに、広勝は顔をひきつらせた。

「う……そのぉ」

「あなた！」

麗子が声を荒らげ、広勝はビクンと震える。

「このわたしを騙《だま》して、悪事の駒《こま》に使ったのね！」

「お、おいおい」

広勝は両手で防御の構えを取ったうえで、妻を必死に宥《なだ》めようとする。

「悪事の駒《こま》だなんて……人聞きの悪いことを言うなよ」

「人聞きの悪いことを、あなたがしたんじゃないの。それに、あなた軽率《けいそつ》よ」

「軽率《けいそつ》？」

「そういうことをして、啓史さんと沙帆子さんが疑われるようなことにでもなったら、どうするの！」

「そ、それは……」

「そういう疑いを招かないように、あなたがしっかりしないといけないのに、自分が率先してそんな軽はずみなことをするなんて、ありえないわ！」

「う……む……」

面目丸《めんもくまる》つぶれといったところだな。やれやれ……

さすがに伯父が可哀想になってきた啓史は、立ち上がって、沙帆子の腕を取った。

「沙帆子、ちょっと席を外そう」

「あっ、はい」

「伯母さん、どうぞ気のすむまで伯父さんをとっちめてください。俺たちは二階にいますから」

「ええ、夕食の用意ができたら声をかけるわね」

「はい」

啓史は恨《うら》みがましい眼差しを向けてくる伯父ににやりと笑いかけ、沙帆子を連れて部屋を出た。

23 耳元に思いやりの囁《ささや》き ～沙帆子～

啓史は沙帆子を連れて、階段を上っていく。

置いてきた広勝と麗子は気になるが……

校長先生、麗子さんに懇々《こんこん》と諭《さと》されてるんだろうな。ちょっと気の毒だけど、自業自得というやつだろう。佐原先生を騙したりするから……

「あの、どこに行くんですか？」

「俺の部屋」

「えっ、先生の？」

へーっ、この家には、先生専用の部屋があるのか。

「先生、凄いですね」

「凄いって、何が？」

「だって、実家と自分のマンション、そしてここにも自分の部屋があるなんて……三つもですよ」

興奮しながらそう言うと、啓史は笑い出す。

「何がおかしいんですか？」

「何がって、お前だって同じじゃないか。いや、お前は俺より凄いぞ」

「ええっ？　どういうことですか？」

「まず俺たちのマンションだろ。そして俺の両親の家にもお前の部屋ができてた」

「あ、そうでした」

「そしてここにも、もうすぐお前の部屋ができる」

「そっ、そうでしたね」

「幸弘さんたちが引っ越す家にも、もちろんお前のための部屋が用意されるだろうしな？」

啓史の言葉に沙帆子は目を見開いた。

言われてみれば確かにそうだ。四つも自分の部屋があるなんて……

「あっ、それなら先生も四つですよ。パパたち、引っ越し先に、先生の部屋も用意してくれます」

「うーん」

なぜか啓史が顔をしかめる。

「先生？」

「俺専用の部屋か、お前とふたりの部屋か、どっちだろうな？」

その問いに、答えに詰まる。

夫婦なのだから、一緒の部屋を用意されそうなものだけど……パパがそれを許すだろうか？　でも、ママは夫婦は一緒よとか言って、同じ部屋を用意しそうだ。

「きっと同じですよ。パパはママに勝てません」

沙帆子が断言すると、啓史は嬉しそうに顔をほころばせた。

「先生、ここにはテッチン先生や順平さんの部屋もあるんですか？」

「専用というのはないな。徹兄や順平も、同じように可愛がってもらってるんだが……自然とこういうことになった」

「なるべくしてってやつですね」

「そういうことだ。ほら、入れ」

廊下でずっと立ち話をしてしまっていたが、啓史がドアを開け、沙帆子に入るように促《うなが》す。

わあっ！　実家の先生の部屋とは、全然雰囲気が違う。

ブラウン系の家具で統一された部屋だ。すっきりと整頓されていて、モデルルームみたいだ。

「ここで過ごすのは、月に一回くらいのもんだけどな」

「それでも、いつでも泊まれるように、私物が揃《そろ》ってるんですね？」

「ああ、着替えも置いてあるから、なんの不便もない」

そう言いながら、啓史は沙帆子をベッドに座らせ、自分も座り込んできた。

啓史の雰囲気が変わり、どきりとする。こ、これって……

ドキドキしていたら、顎《あご》に手を添えられる。啓史の顔が近づいてきて、沙帆子は鼓動を速めながら目を瞑《つむ》った。

だが——

「啓史ぃー、ちょっといいかぁ」

広勝の大声が聞こえ、ふたりはぎょっとして距離を取った。驚き過ぎて、心臓がバクバクする。

「伯父さん、何？」

ベッドから腰を上げた啓史は、むっとした口調で叫び返す。

「校長先生、解放されたんですね」

ドアに歩み寄っていく啓史に話しかけながら、沙帆子も立ち上がった。

「そのようだ。ちょっと早いと思うがな」

啓史は小声で不服そうに呟き、ドアを開ける。沙帆子は啓史に近寄った。

「おお。ほら、色々と見てもらいたいもんがあってな」

広勝はなにやら分厚い本を何冊も抱えている。

「それは……カタログか？」

「ああ、沙帆子君の……」

広勝がそう言いかけたとき、階段を駆け上がってくる音が聞こえた。

麗子が息を切らしてやってくる。

「伯母さん」

「夕飯の前に、沙帆子さんに選んでもらおうと思っていたのに、さっきの騒ぎですっかり頭から飛んじゃってたのよ。まったくもおっ、広勝さんのせいよ」

「すまんすまん。反省しとるよ」

広勝は笑いながら謝る。

「俺は、反省が足りてない印象を受けるんだけど」

「そんなことはないぞ。それより、ほら、沙帆子君にまず部屋を見てもらおうじゃないか」

そう言って連れていかれたのは、啓史の部屋の隣だった。

部屋は空っぽで、本当に何もない。

「こっちがカーテンのカタログ。それからベッドに勉強机にソファ……床全面に絨毯《じゅうたん》を敷き詰めるほうがいいかしら？　それともラグを敷くほうが好み？」

まさか、本当に全部揃《そろ》えるつもりだとは……

「あ、あの……」

「沙帆子」

遠慮しようとしていると、啓史に呼びかけられた。

「お前は、なんでも可愛いのが好みだよな」

啓史はそう言ったあと、沙帆子の耳元で「ふたりに甘えてほしい。頼む」と囁《ささや》いてきた。

思わず啓史と目を合わせる。気づくと沙帆子は小さく頷《うなず》いていた。

24　脅威《きょうい》をお見送り　～啓史～

いま八時半か……

橘家をあとにし、車を走らせながら、啓史はこのあとどうしようかと悩んでいた。

榎原家のアパートに寄っていこうか。でも、ここからだと二十分くらいかかるな……

九時に着いて三十分ほど話をしたとして、マンションに戻るのは十時半……明日は学校だから、十二時までには寝たほうがいい。

一時間半あれば寝支度には充分だろうが、夜の特別な楽しみは次回に持ち越しということになるか。

榎原家に寄らないでマンションに帰れば、九時半……お楽しみは諦めないですむんだが……

芙美子さんに写真集を渡すのは、明日でもいいだろうか？

自分では決めかねね、啓史は沙帆子に聞いてみることにした。彼女の判断に従うとしよう。

「沙帆子、これから芙美子さんたちに、写真集を渡しに行くか？」

「えっ、これからですか？」

「明日でもいいかと思うんだが、芙美子さんは早く欲しいだろうし……」

「うーん、そうですね。……明日でいいと思います。今夜はもう遅いし」

「そうか。それじゃ、そうするか」

よし。これでお楽しみを諦めずにすむな。

いい気分で運転していたら、沙帆子の携帯にメールが届いたようだった。メールを読んだ沙帆子が、「ええっ！」と叫ぶ。

「どうした？」

「そ、それが、ママからなんですけど……」

芙美子さんから？　なにやら物凄く悪い予感がする。

「なんて言ってきたんだ？」

「洋兄ちゃんが、たったいま、家に来たって」

「はあっ!?」

なんと、要注意人物である洋一郎の登場とは……

「バイクで遊びに行った帰りに、お土産《みやげ》を持ってきてくれたらしいんですけど」

「そういうこと、これまでもよくあったのか？」

「はい。洋兄ちゃんは、いつも突然なんです。昨日、わたしたちが顔を出したから、それで今日寄ったのかも」

「いつまでいるつもりだろうな？」

「それが……わたしの帰りを待ってるそうです」

「ちっ！」

思わず舌打ちしてしまう。こうなったら、榎原のアパートに行くしかない。

「す、すみません」

沙帆子が小さくなって謝る。啓史は気まずくなった。舌打ちしたせいで、沙帆子を萎縮《いしゅく》させたようだ。

「すまない。お前に怒ってるわけじゃないぞ」

「は、はい。けど、洋兄ちゃんのせいで……」

沙帆子は肩を落とす。

「お前が気にするな。それじゃ、アパートに向かうぞ」

「はい」

そんなに道が混んでいなかったおかげで、思ったより早くアパートに着いた。

「お化粧してなくてよかった」

助手席のドアを開けながら、沙帆子が独り言のように言う。

確かに沙帆子が化粧をしていたら、もっとやっかいな事態になっていただろうな。

「さて、洋一郎さんと対決しに行くか」

「あの、先生。できれば、できるだけ穏便《おんびん》に」

「わかってるさ。大立ち回りはやらないから安心しろ」

不安そうに言う沙帆子に、笑いながら請《う》け合《あ》う。

肩を並べて駐車場を歩いていると、窓が開く音がし、「あっ、帰ってきた」という声が聞こえてきた。

アパートを見上げると、洋一郎が窓からふたりを見ている。

「どうも」

「お前、高校……むぐっ」

洋一郎は幸弘の手で口を塞《ふさ》がれ、窓辺から引き離された。

「あーあ」

沙帆子が気の毒そうな声を上げる。

「あれ、パパに痛い技を決められてますよ」

それは結構なことだ。

「幸弘さん、さすがだな」

洋一郎が痛がっているところを見てやりたい。

「沙帆子、急ごう」

沙帆子の手を掴み、啓史は榎原の玄関を目指して走った。呼び鈴を押すと、すぐにドアが開く。

「お帰りなさい」

「ただいま。ママ、いま、どうなってるの？」

「洋君が、幸弘さんに絞め技を食らってるところよ。ほら、苦しそうな声が聞こえるでしょう？」

芙美子の言う通りだ。洋一郎が必死にやめてほしいと懇願《こんがん》している。

「是非とも拝見したいですね。芙美子さん、お邪魔します」

啓史は家に上がらせてもらい、急いで居間に行く。

「やってますね。幸弘さん」

「おお、啓史、帰ったか」

「くそぉっ！　叔父さん、も、もういいだろう！　俺が悪かったたって。こ、この……いでで、と、通り謝るからっ」

かなりの力で締め上げているらしい。幸弘がすっと手を離すと、洋一郎は俯《うつぶ》せになって床に伸びた。

「あー、久しぶりにやられたなぁ」

洋一郎はぼやきながら起き上がった。そして啓史と対峙《たいじ》する。

「おい、啓史。お前、高校生をいつまで引っ張り回してんだ。ざけんなよ」

「ちゃんと、おふたりから外出の許可をいただいていますよ。それに沙帆子が下宿する予定の伯父の家に行っていたんです。咎《とが》められる筋合いはありませんよ」

「こんにゃろう。ほんと、生意気だな」

無様《ぶざま》な洋一郎の姿を見られたので、彼に対する憤《いきどお》りはすっかり収まった。おかげで余裕を持って会話ができる。

「バイクで遠出されたとか。どちらに行かれたんですか？」

そう尋ねたら、洋一郎は、今日出かけた先の話を、面白おかしく語り始めた。

芙美子が飲み物を出してくれ、居間で楽しい時間を過ごす。

「お、もうこんな時間か、それじゃそろそろ帰るよ。突然邪魔して悪かったね。芙美子叔母さん」

「いいえ。次は引っ越し先に来てちょうだい」

「そうだね。このアパートともおさらばかと思うと、寂しいな」

「まあな」

幸弘もしんみりと頷《うなず》く。

洋一郎が立ち上がり、啓史に声をかけてくる。

「ほら、お前も一緒に帰ろうぜ」

その促《うなが》しに、啓史は迷わず立ち上がった。ここは素直に従ったほうが得策だろう。

「ええ。駐車場までご一緒しましょう」

この流れに、沙帆子は困惑したようだが、即座に芙美子がフォローに回る。

「ほらほら、沙帆子。お見送り」

「あっ、はい」

沙帆子は焦《あせ》って立ち上がり、玄関までついてくる。

「さーちん、またな」

「う、うん。洋兄ちゃん、気をつけて帰ってね。お土産《みやげ》ありがとう」

「ああ、安全運転で帰るよ。ありがとな。また連絡する。そうそう下宿先の住所もちゃんと聞いたから、会いに行くからな。寂しいだろうけど、頑張れよ」

「あ、う、うん」

「それじゃ、沙帆子またな。寝る前に電話する」

啓史はそれらしく沙帆子に声をかけた。

「は、はい。待ってます」

啓史は頷《うなず》き、玄関のドアを閉めた。

外に出て、洋一郎と並んで歩く。なんで、こんなことになってんだと思うが仕方がない。

「なあ、佐原」

「なんですか？」

「お前の伯父さん夫婦は、さーちんのこと、大事にしてくれそうか？」

「ええ。ふたりには子どもがいないので、とても喜んでいますよ。特に伯母は」

「そうか。お前もちょくちょく行けそうか？」

「もちろんです」

「まあ、なら大丈夫か」

洋一郎はほっとしたように言う。

啓史は驚いた。まさか洋一郎が、そんな風に言ってくれるとは思わなかった。

「やっぱ、他人の家ってのは、緊張の連続になると思うわけだ。お前にとっては親しい親戚だろうけど、さーちんにとっちゃ、他人だからな。しかも、校長先生だろう?」

「ええ」

「さーちんは、すっげぇ頑張り屋だからさ。下宿先でも気を張って頑張ると思うんだ」

「そうですね」

沙帆子に過剰なスキンシップをする嫌な奴と思っていたが、案外いい男ではないか。

「疲れないように、ちょくちょく外に引っぱり出してやってくれな」

「洋一郎さん」

「なんだよ」

「いえ。ありがとうございます」

「礼には及ばない。だから、さーちんのことを、たまには抱き締めてもいいよな?」

「断固お断りします」

「なんだよ。こっちが下手《したて》に出りゃ、調子に乗りやがって」

やはり洋一郎は洋一郎だったようだ。

「別に調子に乗っているつもりはありませんよ。ところで洋一郎さん、彼女はいないんですか?」

「いるように見えるか?」

「さあ、見ただけじゃわかりませんよ」

「そんなことはどうでもいいだろ。いいか、佐原。さーちんとの付き合いは、俺っちのほうが長いんだぞ。なんせ、赤ん坊の頃から知ってるんだからな」

そう言われれば、そうだ。

ちっ！　俺の知らない沙帆子を、この男は知っているのか。しかも赤ん坊の頃から……許せねぇ。

「そりゃあもう、可愛かったぞぉ。よちよち歩きの頃なんてなぁ、お尻をぷりんぷりんと可愛く振って歩いてな」

羨《うらや》ましいことを言いやがって。洋一郎の頭に刻まれている沙帆子に関する記憶を抜き取り、自分のものにできたらいいのに……

「へへーん、羨《うらや》ましいだろ？」

「羨《うらや》ましいですね」

啓史は正直に口にした。

洋一郎は意外そうに目を瞠《みは》ったが、次の瞬間にやりと笑う。

「ほんじゃな、佐原。気が向いたらまた相手してやるよ」

「ええ。楽しみにしています」

洋一郎はバイクにまたがりヘルメットを被ると、爆音とともに走り去っていった。

啓史は洋一郎が見えなくなるまで見送り、脅威《きょうい》が去ったのを確認してから踵《きびす》を返した。

25　ちょっと悪意　～沙帆子～

「あっ、先生戻ってくる」

カーテンの隙間《すきま》から、外にいるふたりの様子を窺《うかが》っていた沙帆子は、啓史が戻ってくるのを見て声を上げた。

「やれやれ、帰ったか」

幸弘が愉快そうに言う。

あれっ？　先生、こっちに向かってたのに、また引き返していく。

どうしたんだろうと思っていたら、車の後部座席からなにやら取り出している。

ああ、そうか、写真集だ。

沙帆子は啓史が戻ってくるタイミングで玄関に移動した。

「先生、お疲れ様です」

「ほら、これ」

写真集の入った包みを手渡され、啓史と一緒に居間に戻る。

「ママ、写真集だよ」

「えっ？　あら、持ってきてくれたの？」

「テッチン先生と順平さんが新しいのを作ってくれたの。先生がすぐに頼んでくれたんだって」

「あらまぁ。啓史君、ありがとう」

「いえ」

「二部あるの。パパ、お祖父《じい》ちゃんたちにもって」

「おう、そうか」

幸弘も嬉しそうだ。

「はい、紅茶どうぞ。そんなにゆっくりしていられないでしょうけど」

沙帆子はティーカップを受け取り、テーブルについた。

さすがに疲れを感じる。けど、これから一時間かけて、マンションに帰らなければならない。

「それにしても、洋兄ちゃんにはびっくりさせられちゃった」

「いつものことなんだが、お前たちのことがあるから、焦《あせ》ったぞ」

「ほんと。玄関を開けて洋君の姿を見た瞬間、冷や汗かいちゃったわ」

「彼については、また相談させてください。沙帆子の下宿先にも顔を出すつもりのようで……」

「まあ、やっかいだが……さすがのあいつも、連絡もせずに、他人様の家に突然押しかけるような真似はしないさ」

「そうでしょうか？」

「僕が言い聞かせとく。沙帆子の立場が悪くなるようなことはするなって言えば、おとなしくするだろう」

「……それでは、彼のことは幸弘さんにお願いします」

「ああ。任せとけ」

幸弘が自信を持って引き受けてくれ、沙帆子は少し安心した。だが、啓史はまだ不安に思っているようだ。

「洋君のことは、幸弘さんに任せるとして……ねぇ、沙帆子」

「なあに、ママ？」

「明日と明後日は、まだ三者面談の期間だから、授業は午前で終わりよね？」

「うん、そう」

「電車で先にこっちに来る？　それなら、お昼用意しとくけど」

そうしてほしいという母の思いが伝わってくる。

「うん。そうする」

さらにおやつは何がいいかと聞かれ、なんだか胸がいっぱいになる。

「今日のことも、明日ゆっくり聞かせてちょうだい」

「わかった」

「それじゃ、そろそろ帰るか？」

啓史が立ち上がり、沙帆子も腰を上げる。

「パパ、また明日ね」

「ああ。気をつけて帰るんだぞ」

幸弘に挨拶し、玄関に向かっていた沙帆子は、ふと足を止めた。

そうだ。先生に借りたセーター、枕の下に置きっぱなしだ。先生に返さないと。

「沙帆子、どうかした？」

後ろからついてきていた芙美子が、沙帆子の両肩に手を置いて声をかけてきた。

「あ、うん」

先を歩いていた啓史も振り返り、問いかけるような目を向けてくる。

沙帆子は啓史にセーターのことを言おうとして、躊躇《ためら》った。

できれば、もう一度くらい制服の下に着たい。けど……セーターを貸してほしいとお願いするのも恥ずかしいし……

沙帆子は頭をフル回転させた。

「クッションを」

「クッション？」

「う、うん。あの、先生。わたしの部屋にあるやつを、とりあえず後部座席に置いておけばいいかなって思うんですけど」

「よさそうなのがあるんなら、そうしとくか」

「あら、あの大きなうさぎさんはどうしたのよ？」

「あの子は、家の中に置いたの」

「はっはぁ～。啓史、お前、俺に笑われて車から出したな」

いつの間にやってきたのか、幸弘がすかさず啓史をからかう。沙帆子は幸弘を睨《にら》んだ。

「パパ、そういうことじゃないから。わたしが家に入れてほしいって頼んだの」

「なら、クッション持っていったら。袋が必要？」

芙美子がそう聞いてくれ、沙帆子は喜んで頷《うなず》こうとしたのだが……

「そのままでもいいだろ。持ってって後部座席に置けばいい」

「そ、そうですね」

つい弾みで、啓史の意見に同意してしまい、沙帆子は唇を噛んだ。

セーターを入れる袋が欲しかったのに……

沙帆子は仕方なく手ぶらで部屋に入った。クッションを持ってくれるつもりなのか啓史も入ってくる。さらには芙美子まで……

「え、えーっと。これとかでいいかなぁ」

本来の目的のほうは諦めるしかないようだ。内心テンションを落としつつ、沙帆子は一番落ち着いた色合いのクッションを取り上げる。

「それは小さ過ぎて役に立たなそうだぞ。そっちのがいいんじゃないか？」

なんと啓史は、真っ赤なハートの形をしたクッションを指さす。

「先生、さすがにそれはないですよ」

「あら、いいんじゃない。啓史君の車が、パッと華やかになるわよぉ」

芙美子が笑みを浮かべて勧めてくるが、ちょっと悪意を感じる。

「ママ、面白がってない？」

「そんなことないわよ。はい、それじゃ啓史君はこれ持って先に行ってて」

芙美子は啓史に真っ赤なハートのクッションを押しつけ、部屋から追い出そうとする。

啓史は沙帆子を気にしつつも、部屋から出ていった。

「さて、で、沙帆子、本命は何？」

「ええっ？」

「袋がいるんじゃないの？」

「ママ。ど、どうして？」

「あんたの考えてることくらいお見通しよ。こいつじゃないの？」

芙美子は枕をさっと持ち上げた。セーターが現れ、沙帆子は顔をひきつらせる。

「ママったら」

「ねぇ、沙帆子。このセーター、どうしてこんなところに置いてたの？　ママ、いくら考えても謎が解けなくてぇ」

ううっ、ワザとらしい。セーターを枕の下に置いたのは、そうすれば先生の夢が見られるかもしれないと思ったからだ。ママのことだから、きっと気付いているはずなのに……

「もおっ、ママはなんでもお見通しなんでしょ？」

沙帆子はぷりぷりしつつセーターを取り上げ、背中に隠した。

芙美子が楽しそうに笑い出す。沙帆子は顔を真っ赤にして頬を膨《ふく》らませたのだった。

26　持って行き場のない憤《いきどお》り　～啓史～

「沙帆子、風呂が沸いたぞ。お前先に入れ」

啓史は、キッチンにいる沙帆子に声をかけた。

自分達のマンションに帰ったころには、もう大分遅い時間になっていた。

「先生、先に入っていいですよ」

忙しそうに手を動かしながら沙帆子が言う。啓史はキッチンに入り、沙帆子の手元を覗《のぞ》き込んだ。

「もしかして、俺の弁当の準備をしてんのか？　大変だからいいって言ったろ」

沙帆子は、ここを出る前に化粧をしなければならないうえに、果樹園の家でその化粧を落とし、制服に着替える時間も必要なのだ。学校まで距離があるから、家を出る時間も早いってのに……

「で、でも……その、これは……つ、つ……の……」

なにやらもごもごと言う。聞き取れなかったので、沙帆子に顔を近づける。

「なんだって？」

「と、とにかく作りたいんです。大丈夫ですから。それにもう終わります」

「そうか。なら、先に風呂に入れ。俺、仕事部屋にいるから、上がったら声かけてくれ」

「わかりました」

仕事部屋に行き、自分の仕事机に座る。

さっそく仕事に取りかかろうとしたが、つい視線が沙帆子の机に向かう。

女の子らしい小物が、あれこれと置いてある。ノート類もカラフルだし、ちっこいぬいぐるみとか、啓史にはなんなのかわからない物もある。

机の上の小物入れに手を伸ばしかけたものの、そのまま手を引く。

ひとの私物に勝手に触れるべきじゃないよな。たとえそれが妻の物であっても。

沙帆子の机とその隣に置かれた本箱を改めて眺めつつ、榎原家にある沙帆子の部屋を思い返す。

あの場所はあいつだけのテリトリーだったんだよな。でもここではすべてが俺と共有。俺はそれが嬉しいんだが、あいつはその辺り、どう感じてるんだろう？

あいつの気持ち、もっと突っ込んで聞いてやるべきじゃないのか？

ちゃんと会話しているつもりで、本当に必要な会話はできていないのかもしれない。

沙帆子の担任である熊谷《くまがい》教諭に、沙帆子と結婚した事実を告げるべきか、彼女の意見を聞いてみようと思っているのだが……

沙帆子が風呂から上がってきたら、話をしてみるか。

そのあと啓史は、やっておかなければならない用事をさくさく片付けた。

時間を確認すると、三十分ほど過ぎている。伸びをして肩のこりをほぐし、啓史は部屋を出た。

あいつ、いま風呂だよな？

啓史は試しに洗面所のドアを軽く叩いてみた。返事はない。

そっと開けてみると、浴室から水音がする。

洗面所のドアを閉め、啓史は居間に戻った。

テレビでも観ながら、あいつが上がってくるのを待つか。

ソファに歩み寄ろうとした啓史の視界に、ピンクの物体が飛び込んでくる。

啓史はソファの隣にどっしりと座り込んでいるでぶクマの正面に立った。

じっと上から見下ろす。

「掃除のとき、邪魔なんだよな。お前、でぶだから、いちいちどかすのが大変なんだ。俺の苦労、わかるか？」

冷静な口調で懇々《こんこん》と文句を言う自分に、啓史は笑った。

気に食わないぬいぐるみだが、妙に受け入れてしまっている自分がいる。

「ま、あんま調子に乗らなきゃ、置いといてやるさ。感謝しろよ、でぶクマ」

そう言って、ソファに腰かけた啓史だが、数日前に友人の深野がやってきたことを思い出して顔が歪《ゆが》んだ。

あいつが来たときに、もしこいつがここにあったら……

深野の唖然《あぜん》とする顔が思い浮かんでしまい、頬がひきつる。

敦にも奇襲をかけられないように、気をつけないとな。あいつがくれたものであっても、ここに置いてあるのを見たら、大笑いするに違いない。

そうだ。敦の両親に、まだお礼を言っていなかったな。沙帆子を連れていって紹介したいが、これからぎっしりスケジュールが詰まっているものな。

啓史はテレビをつけると、報道番組を見るともなしに眺めつつ、さらに考え込む。

連れていけるのは、来月になってから……

そうだった……深野の婚約祝いをするんだったな。沙帆子も一緒にと言われたが……

駄目だ、駄目だ。沙帆子の負担になる。

それでも、深野のことは祝ってはやりたい……

答えが出せず、啓史は顔をしかめた。なんか、簡単に処理できない問題ばかりかかえてるな。

洋一郎のことだってそうだ。

そのとき、「先生」と呼びかけられた。振り返ると、ドアのところに風呂上がりの沙帆子がいた。

「ああ、上がったか」

そう声をかけたら、沙帆子が目を丸くする。啓史は、「あ」と落ち着き払って声を上げた。知らぬ間にコアラのぬいぐるみに寄りかかっていたようだ。芙美子さんのご両親にもらったものなのに……

「すまん。考え込んでたら、つぶしちまってた」

「あっ、いいですよ。気にしなくても」

コアラを持ち上げ、少しいびつになった部分を直す。

「いや、正吉《まさきち》さんたちの土産物《みやげ》だ。粗末《そまつ》に扱っては申し訳ない」

なんとか元通りにできたようだ。啓史は、側にやってきた沙帆子に「ほら」と手渡した。

「これでいいかな？」

「充分です。元通りです」

沙帆子は笑みを浮かべてコアラを胸に抱く。

「もう用事はないのか？　明日の授業の準備もしたか？」

「はい。もう終わってます」

「そうか。なら、ここに座ってくれ。相談したいことがあるんだ」

「えっ、わたしに相談ですか？」

ずいぶんと意外そうに言う。

「ああ。ほら、座れ」

深刻に受け取ったのか、沙帆子は緊張した面持ちで座る。

「熊谷先生のことなんだ」

「熊谷先生ですか」

「ああ、熊谷先生に俺たちが結婚したことを伝えるか、それとも伝えないほうがいいのか……お前はどう思う？」

沙帆子は唇を引き結んで考え込んでいる。しばらくして、静かに顔を上げた。

「先生は伝えたいんでしょう？」

「……まあ、そうだな。けど、俺の気持ちは気にするな。お前の思いを聞きたい」

「正直に言ってもいいですか？」

「ああ、もちろんだ。聞かせてくれ」

「……熊谷先生に知られるのは、やっぱり嫌です」

「そうか」

だよな。熊谷先生だって、こんな事実を聞かされたら困るに違いない。

「でも……伝えたい気持ちもあります」

うん？

「お前、俺に気兼《きが》ねして……」

「そういうんじゃないんです。……内緒にしてて、卒業してから実はって話すのは……気まずいだろうなって……」

「沙帆子……」

「ずっと隠し続けていたわけだから……顔向けができないっていうか……卒業したあと、会いづらくなりそうです」

沙帆子はぽつりぽつりと口にして表情を硬くする。どうにも胸が疼《うず》き、啓史は沙帆子の頭を自分の胸に引き寄せた。

沙帆子の言う通りだよな。一年も秘密にされて、卒業したあとで事実を知らされたら……熊谷先生は落胆《らくたん》するんじゃないだろうか？　これまで築き上げてきた信頼関係も崩れ去るかもしれない。

「そうだな。熊谷先生には伝えるとしよう。沙帆子、本当にそれでいいか？」

沙帆子は顔を上げて、「はい」と迷いのない返事をくれる。

「お前に相談してよかった。もやもやしていた気持ちもすっきりした」

見つめ合って互いに微笑む。

「それで、どうする？　俺ひとりで、熊谷先生に伝えていいか？」

尋ねると、沙帆子は少し考え、「わたしも一緒に……駄目ですか？」と言う。

「いいのか？　お前、ほんとは嫌なんだろ？」

「それでも頑張ります！　ここは絶対頑張らないといけないと思うんです！」

沙帆子は自分を鼓舞《こぶ》するように、握り拳《こぶし》を固める。

「わたしはわたしで……なんというか、その……ちゃんとしてる！　ってところを、熊谷先生に見せないといけないと思うんです。そうでないと、熊谷先生は本当の意味で、わたしたちの結婚を受け入れてくれないと思うから」

こいつ……やっぱ、すげぇな。ちゃんとわかってる。

「ちびのくせに……」

思わずくすくす笑いながら、からかってしまう。すると沙帆子は、思った通りにむっとする。

「な、なんでここで、その発言なんですか？　意味がわからないですよ」

「お前に参ったから」

「はいっ？」

啓史は、目の前の無防備な鼻を軽く弾いた。

「いたっ」

「感心したんだ。負けたって思ったから、むしゃくしゃしてからかった」

「先生って……」

「うん？　俺がなんだ？」

「なんでもないです」

「なんだ。言えよ。気になるだろう？」

「それより、順平さんに借りてきたゲームをやりたいから、先生、早くお風呂に入ってきてください」

「この俺に指図するとは、生意気な奴だな」

言葉とは裏腹に、啓史は沙帆子をぎゅっと抱き締め、立ち上がった。

「でも、そんなにはやれないぞ」

「は、はい。わかってます」

そう答える沙帆子の顔は桃色に染まっている。もう一度抱き締めたくなったが、そんなことをしていたら寝るのが遅くなってしまう。

「それじゃ、入ってくる。お前、先に遊んでいてもいいぞ」

「わかりました」

啓史は急いで風呂に向かった。


風呂から上がった啓史は、居間に戻ろうとして足を止めた。居間からはテレビゲームの音楽が聞こえてくる。どうやら、ひとりで先にやっているようだ。

あいつ、俺に白衣を着てほしがってたんだよな。約束したし……実行するとしたら、いまがいいチャンスなんじゃないか？

持ち帰った白衣は……洗濯して……たぶん、いまはクローゼットルームだよな？

あいつがアイロンをかけてくれたはず……

クローゼットルームは、今朝、沙帆子が片付けてくれたので、すっきり整頓されている。自分の妻が家を片付けてくれるってのは、なんとも胸がほっこりするな。

そんなことを考えながら、白衣を探す。

おっ、あった、これだ。

取り上げてさっと広げてみる。うん、綺麗じゃないか。皺《しわ》ひとつない。

啓史はパジャマの上から白衣を羽織った。

いつもスーツの上に羽織っているから違和感がある。パジャマの上に羽織るなんて、普通やらないからな。

正直脱ぎ捨てたくなったが、そんなことをしたら沙帆子との約束をたがえることになる。

約束は約束だからな。

啓史は鏡を見ないようにして、クローゼットルームから出た。

居間のドアをそっと開ける。このまま沙帆子に近づき、抱き締めれば……って……

でぶクマに凭《もた》れかかって、すやすやと寝息を立てている愛妻を、啓史はしばしじっと見つめる。

一瞬ぽかんとしてしまったが、そのあと憤《いきどお》りが込み上げてきた。

この野郎、なんで寝てんだ！

しかも、でぶクマに凭《もた》れかかってるってのはどういう了見《りょうけん》だ！

啓史は自分のいまの姿を再確認して、思わず手のひらで顔を覆った。

とんでもなくバツが悪い！

顔がじわじわと熱を持ってくる。

気持ちよさそうに寝ている愛妻を、啓史は持って行き場のない憤《いきどお》りとともに睨《にら》みつけたのだった。

27　迂闊《うかつ》に、落ち込み　～沙帆子～

翌朝、啓史の車に転がり込むように乗り込み、沙帆子はようやく息をついた。

あー、慌ただしかったぁ。

起きてからお弁当を作り、啓史が用意してくれた朝食を食べ、それから着替えてお化粧をした。

すっごい慌ててお化粧しちゃったんだけど、大丈夫かなぁ。自分の顔が気になってならない。先生に確認してもらう暇《ひま》もなく、車に乗ってしまったんだよね。

「あの、先生？」

「なんだ」

超クールな声に、ぎょっとする。

へっ？　な、なんか、いつもと雰囲気が違うような。

「えっと……」

「なんだ！　と聞いている」

うわっ！　なぜかわからないけど、凄く機嫌を損ねていらっしゃるようだ。

「あ、あのぉ……わたし、何かしました？」

「身に覚えでもあるのか？」

まるでないから戸惑ってるんだけど……

「あの、いったいわたしが……何をしたと？」

これ以上は無理というほど下手《したて》に出て尋ねてみたら、「ふっ」と鼻で笑われた。

こっ、これは、尋常じゃないほどご立腹だ！

でも、わたしがいったい何をしたっていうの？　朝起きて、ドタバタと支度して……それだけだよね？　いったいどの辺りから、先生は機嫌を損ねていたのだろう？　思い返してみるが、さっぱりわからない。

「お前に言ってやりたいことは、ごまんとある」

ご、ごまんもですか？

「あの、教えていただけると、ありがたいのですが」

これ以上機嫌を損ねないように、沙帆子はおずおずとお願いした。

「白衣はもう絶対に着てやらねぇからな！」

「は、白衣？　えっと、その発言に至る経緯が、皆目見当がつかないんですけどぉ」

「だろうな。ぐっすり寝ていたからな」

寝てた？　それって、今朝のこと？　それとも昨夜……？

あっ、そういえば……

夕べ、啓史がお風呂から上がってくるのを待ちながらひとりでゲームをしていて、そのまま寝てしまったのだった。今朝起こされて、それから息つく暇《ひま》もなく支度をすることになったので、すっかり忘れていたが……

つまり、沙帆子が寝ていた間に、啓史が機嫌を悪くするような何かが起きたということなのか？

そんなの、いくら考えたところで、自分は寝ていたんだからわからない。

「あの……寝ていたので、先生から教えていただかないことには、わからないんですけど」

あれっ、そういえば……『白衣はもう絶対に着てやらねぇ』と、おっしゃったような？

それって……

まっ、まさかっ！

沙帆子は目をかっぴらいた。

白衣を着てくれたってことじゃないのか？

ちょ、ちょっと待って！　風呂上がりにパジャマの上に白衣を羽織り、居間に来てくれたということなの？

う、う、嘘っ！

それは、沙帆子が心の底から夢見ていたシチュエーション！

まさか、それを眠り込んでいてふいにした？

ぎゃーーーーっ！

心の中で悶絶《もんぜつ》する。

「せっ、先生っ！」

「もう一度とかぬかすなよ！」

怒号《どごう》を食らい、沙帆子はきゅっと身を縮めた。

で、でもぉ～、パジャマに白衣という、わたしの夢のシチュエーションがぁ～。あー、なんで寝てんだ、この間抜けぇ。

沙帆子は自分の頭をポカポカ叩きまくった。

「お、おい、こらっ。頭を叩くんじゃない！」

「そんなこと言われたってぇ。叩きたくもなりますよぉ」

沙帆子は涙目で、運転している啓史を見つめ返す。

「……」

沈黙が続くうちに、なんとなく期待が湧いてきた。も、もしかしたら、先生、もう一度チャンスをくれるんじゃ……

「でぶクマに凭《もた》れてなきゃな」

「はいっ？」

「お前、でぶクマに凭《もた》れてたろ？」

「そ、そうでした？」

「自分で凭《もた》れたんじゃないのか？」

「そんな覚えありませんけど……あっ、もしかして、自然とそうなったんじゃないでしょうか？ゲームをしていた記憶しかないので……うつらうつらしていて、そのまま後ろにころんと」

「そこにたまたまでぶクマがあったと言いたいのか？」

「そうとしか考えられません！」

宣言すると、啓史がくっくっと笑い出した。とりあえず、機嫌が直ったようで、沙帆子は盛大に安堵《あんど》する。

「お前、必死だな」

必死なのがおかしかったようだ。けど、なんでもいい。先生が笑ってくれるのなら。

「まあ、考えておいてやるさ」

いままでの啓史から考えると、これは驚異的な譲歩《じょうほ》と言える。

「ありがとうございます」

沙帆子は大喜びでお礼を言ったのだった。


果樹園の家に到着し、沙帆子は洗面所に駆け込んだ。

クレンジングでしっかり化粧を落とし、寝室を借りて制服に着替える。

これ、どうしよう？

手にした啓史のセーターを見つめて悩んでしまった。バタバタと支度をしつつも、これだけは忘れまいと持ってきたんだけど……

……もう一度くらい着てもいいよね。それからお返しするとしよう。

沙帆子は胸を膨《ふく》らませてセーターを頭から被った。

千里に教わった通り、綺麗に袖《そで》を捲《まく》り、裾《すそ》をまっすぐに伸ばす。

これで、大丈夫だろうか？　やっぱりスカートがほとんど隠れちゃうけど……

鏡に映して確認してみるが、見苦しくないか、自分ではいまいち判断がつかない。

先生に見てもらう？　先生、なんて言うかなぁ？

ドキドキしつつ寝室を出て階段を下りていたら、携帯にメールが届いた。

うん？　誰からだろう？

開いて見ると、啓史からだ。

えっ、なんで？　先生、下にいるんじゃ？

(伯父貴から呼び出しを受けた。先に行く。お前は戸締まりを頼む)

呼び出しって……な、なんなんだろう？　何か起こったんだろうか？

まさか、結婚のことがバレたとかではないよね？

急いでダイニングに入ったが、啓史の姿はもうなかった。学校に向かいながらメールを打ったのかもしれない。

沙帆子は啓史のあとを追おうとして、すぐに思い直した。

自分が慌てても仕方がない。それに、ふたりの関係を秘密にする以上、啓史のあとを追うわけにはいかないのだ。

沙帆子は心を落ち着かせ、ゆっくりとローファーを履《は》いて、外に出た。

すると、またメールが届いた。

(呼び出しってのはたいしたことじゃないからな。心配しなくていいぞ)

先生……

自分のことを気にしてくれる啓史に、胸が熱くなる。

でも、よかったぁ。

携帯をポケットに戻した沙帆子は、庭に停められている啓史の車を何気なく見つめた。なんとなく歩み寄っていく。

中を覗《のぞ》き込むと、統一感のないクッションが並んでいる。

自分の部屋にあったものが、先生の車の後部座席にあるなんて……変な感じだ。

佐原先生の車なのに、先生の完璧なイメージが破壊されている。ほんとにいいのかな?

思案しつつ、沙帆子は学校に向かった。

教室に入った沙帆子は、まず親友の千里のところに飛んでいった。もうひとりの親友である詩織《しおり》は、いつも通りまだ来ていない。

「千里、おはよう」

「うん。おは……あらっ」

千里は沙帆子の姿を見て、眉を寄せる。

「あんた……またそれ？」

「お、おかしい？」

「おかしくは……まあ、おかしいといえばおかしいけど……」

「えっ、どこをどう直せばいい？」

「それ以上、どうにもできないわよ。サイズが大き過ぎるっての」

それはどうしようもない。これは啓史のセーターなのだ。

「みっともなくないかな？」

「どんだけみっともなくても、あんたは、いいんじゃないの？」

「まあ、そうだけど」

素直に肯定したら、パチンとおでこを叩かれた。

「いたっ」

「で、どうだったの？　両家の訪問、まずいことにはならなかった？」

クラスメイトたちを気にして、千里は声を潜《ひそ》める。

「大丈夫だった。ごめん、千里。メールで報告すればよかった」

「いいのいいの。あんたも大変なんだから、そんなこと気にしないでいいよ」

「う、うん。ありがとう」

そんなやりとりを交わしていると、後ろから背中を叩かれた。

「ちょっと、榎原さん」

「は、はい」

「そのセーター、彼氏の？」

「あ……」

同じクラスの女子生徒三人が、沙帆子のブレザーの裾《すそ》から覗《のぞ》いているセーターを見つめている。

彼氏のかと聞かれて、胸がときめく。

うわーっ、なんか嬉しいかも……

「やっぱり、広澤君と付き合ってるって噂、本当だったんだね」

えっ？

「あっ、ちが……」

「榎原さん、そのセーターって、広澤君のなの？」

そう問いかけてきたのは、啓史が結婚したと知ってひどく泣いていた子だ。最後の授業で、彼女は勇気を振り絞るようにして、啓史に奥さんはどんなひとかと質問した。

その彼女がいま、なぜか瞳をキラキラさせてセーターを見ている。

えっと、この子らしくないけど……どうしたんだろう？

「なんか……佐原先生が着ていたセーターに凄く似てるなって」

その言葉にドクンと心臓が跳ねた。

う、う、嘘！　まさか、気づかれるなんて！

「それ、前にも着てたよね。実は、そのときから気になってたんだ」

「えーっ、これが佐原先生のだっての？　だとしたら、榎原さんが佐原先生の結婚相手ってことになっちゃうじゃない」

「あはは。実はそうだったりするんじゃないの」

沙帆子は卒倒《そっとう》しそうになった。

ど、どうしよう！

パニック状態に陥《おちい》り、頭の中が真っ白になってしまう。

「白状しなよ、榎原さん」

「ちょっとあんたたち」

千里が話に割《わ》って入ろうとするが、いったん弾みのついた会話は止まらない。

「ああ、ほらほら、佐原先生、奥さんはちびだって言ってたし、榎原さんならぴったり当てはまってるじゃん」

ますますまずい方向に話が進み、沙帆子は身を強張《こわば》らせた。

バクバクと心臓が暴れ出し、もう口から飛び出そうだ。

そのとき、千里が沙帆子の肩に手をかけてきた。そして痛いほど力を込めてくる。

落ち着けと言いたいのだろう。だが、とてもじゃないが、落ち着いていられない。

「もおっ、違うし。わたしはこれが佐原先生のだって言ってるわけじゃないわよ。ただ、佐原先生がこういうの着てたから、榎原さんが羨《うらや》ましくて言っただけなの」

「まったく、あんたときたら、なんでもかんでも佐原先生に結びつけたがるんだから」

隣にいた子が、彼女をからかう。

「だ、だって……」

「似てるの着てるから羨《うらや》ましいって、あんた」

「そうそう、これは佐原先生のじゃないんだよ」

「そ、そんなことわかってるし……」

「諦めついたんじゃなかったの？」

「つ、ついたけど……好きな気持ちは、そう簡単に消えないもん」

「ま、それはそうだね。で、榎原さん、これは広澤君のなんでしょう？　これだけ大きなセーターを着る男子って、校内でも限られるもんね」

その言葉に息が止まりそうになる。

彼女たちは、沙帆子が啓史の結婚相手だなんてこれっぽっちも思っていない。冗談で口にしているだけだ。けれど、たとえそうだとしても、どんなことで秘密がバレるかわからないのだ。

細心の注意をしなければならないはずが……わたし、致命的なミスを犯したんだ。

あーっ、もう、わたしの馬鹿、馬鹿、馬鹿っ！

こんな軽はずみなことしちゃって……先生になんて言えば……

「あっ、もしや天野《あまの》君じゃないの？　このクラスで一番背が高いし、榎原さんともけっこう仲いいしさ」

　あ、天野君？

「二組にも背の高い子がいるじゃない。サッカー部のキャプテン、一八五センチはゆうにあるはずだよ」

「背が高けりゃいいってもんじゃないの。この榎原さんのハートを射止めた男子なんだよ。もっとイケメンに決まってるって」

「イケメンかぁ。やっぱ広澤君じゃん」

「だよねぇ～。噂もあるし」

　そのとき、大きな音を響かせて千里が手を叩いた。みんな、話をやめて振り返る。

「はい。詮索《せんさく》はその辺で終わりにして」

「えーっ！　飯沢さん、それはないっしょ」

「ここはもうはっきり教えてよぉ」

「広澤君なんでしょう？　隠す必要なんてないじゃん」

「そうだよ、榎原さん、もうさっさと認めちゃいなよぉ」

「だから……」

「おーい、どうしたんだ？　朝っぱらから、ずいぶんと盛り上がってんじゃん」

　会話に割《わ》り込むように、声をかけてきたのは天野だった。いまさら気づいたが、クラスメイトたちの大半が、こちらに注目している。沙帆子は青くなった。

こんなことになったのは、このセーターを着ているせいだ。できることなら、いますぐ脱ぎ捨てたい。

「天野君。実はさぁ、あなたが榎原さんの彼氏じゃないかという疑惑が持ち上がってんのよ」

「へっ？　俺と榎原さん？」

ぽかんとした天野は、沙帆子を見て戸惑い顔になる。

「はい、天野君。そこで真面目に受け取らないの。ただの冗談だから」

「な、なんだよ。おかしな冗談言うなよ。焦《あせ》っちまっただろうが！」

唇を尖《とが》らせて文句を言う天野に、みんなケラケラ笑い出した。

千里を見ると、微笑んではいるが目が笑っていない。沙帆子に至っては、なんとか微笑もうとするので精一杯だ。

この会話、どうやったら終わらせられるの？　こんな話題で注目されたくないのに……

すべては、わたしが先生のセーターを着たりしたからだ。

後悔で胸がいっぱいになり、浅はかな自分に対する憤《いきどお》りが身の内を駆け抜ける。

ああ、早く、この騒ぎが収まってくれますように！

「最有力候補が、すでに挙がっているんだけど、榎原さんったらなかなか白状しないのよ」

「そうそう、そのセーターは広澤君のものなのか？　はたまた佐原先生のものなのか……もう気になって授業どころじゃないわぁ」

「セーター？」

天野が、沙帆子のセーターを見る。教室にいる生徒たちの視線が一斉にセーターに向けられた気がして、沙帆子は息ができなくなった。

この場から逃げ出したい！

「なんで、ここで佐原先生の名前が出るんだよ？」

天野が不思議そうに口にした。沙帆子の心臓が胸の中で暴れ回る。いまにも壊れてしまいそうだ。

「実はさ、このセーター……」

「ちょっとぉ、榎原さんに彼氏ができたって話、やっぱり本当だったんだね」

また別の子が、話に割《わ》って入ってきた。彼女は仲良しの子たちを数人引き連れている。収まるどころか、ますます騒ぎが大きくなってきたことに、沙帆子は血の気が引いてきた。

「そのセーター、榎原さんが前にも着てて、誰のなんだろうねって、わたしたち噂してたんだよね」

「はい、もういい加減ストーップ！」

その言葉とともに、千里が思い切り机を叩いた。

みんな驚き、そろって口を閉じる。千里は周りにいる全員を、睨《にら》みつけた。

「この子はこういうことで騒がれるのが苦手なの。あんたたちが騒いだせいで、この子の恋がうまくいかなくなったら、どうしてくれるの？」

「うーん、確かにそれはマズいかも。榎原さん、これまで彼氏がいたことなんてなかったし、恋愛上手って感じじゃないもんねぇ」

「そうそう、ゲイすら知らないウブちゃんでさ」

その言葉に、女の子たちがきゃははと笑う。男子たちは微妙な顔をしている。

「よし、うん、わかったわ！　それじゃ、しばらくの間なら、わたしたちあたたかーい目で見守らせてもらうわよ」

「なに、そのあたたかーい目って。それに、しばらくの間ならって、意味わかんないし」

千里がくすくす笑い、その場に集まった全員がつられて笑い出す。

千里のおかげで、事態はようやく収まったようだった。

そのことにほっとしつつも、沙帆子は迂闊《うかつ》過ぎる自分があまりに情けなくて泣きそうだった。

28　気になる様子　～啓史～

朝の職員会議が終わり、啓史は自分の隣の席に視線をやった。

そこに熊谷の姿はない。

広勝の呼び出しの内容は、たいしたものではなかった。熊谷教諭が急な所用で出かけることになったので、副担任の啓史が、担任の仕事を任されることになったのだ。

朝のホームルームを行うために、教師たちは担当のクラスに向かい始めた。

啓史も出席簿を手にして立ち上がり、二年二組の教室に向かう。

俺が突然教室に現れたら、沙帆子はびっくりするだろうな。

内心胸を弾ませて歩いていたら、「佐原先生」と後ろから声をかけられた。

啓史は足を止めないまま振り返った。

三組の副担任の金山《かなやま》だ。彼は啓史に頻繁《ひんぱん》に話しかけてくる。性格は悪くないのだが、噂話が好きなのか、啓史のこともあれこれ詮索《せんさく》してきて困っている。

わけがわからないのは、啓史が生徒たちに何かと噂の種にされることを羨《うらや》ましがること。羨《うらや》ましがられるようなことではないと思うのだが、それだけ注目されているということだ、佐原先生はみんなに尊敬されているし、慕《した》われているんだと、本気で羨《うらや》ましがる。どうにも調子が狂う相手だ。

「何か？」

「いや、このままちょっと一緒に歩かせてください」

「はあ？」

「佐原先生に噂の真相を聞いてこいと、みんなが俺に無茶を言うんですよ」

やれやれ、金山ときたら、相変わらず先輩教師たちにいいように使われているようだ。

「そんなもの、断ればいいじゃないですか？」

「佐原先生なら、そうできるんだろうけど……」

しょんぼりしている金山を見て、少々心を動かされる。

「何を聞いてこいと言われたんです？」

こちらから問いかけると、金山が小さく噴き出す。

「あ、すんません。聞いた話、思い出しちゃって……。実はですねぇ、一番取り沙汰されているのは、バケ子先生が目撃したという件ですよ。わかります？」

バケ子というのは、化粧の濃い女性教諭のことだ。啓史に過剰なアプローチをしてきて、さんざん困らされている相手なのだ。

しかし、バケ子女史が目撃というと……やはり、あれか？　敦絡みのゲイ疑惑……

思い返しても身の毛がよだつ。

「先生の親友の悪ふざけだろうと思いつつも、疑惑が拭《ぬぐ》えないようで……」

「どうでもいいですよ、そんな話。好きに騒いでくれて構いません」

「そんな適当な返事しちゃっていいんですか？　先生が事実だと認めたと伝えちゃいますよぉ」

啓史は足を止めると、くるりと振り返り、金山をまっすぐに見て言った。

「貴方はそんなことをするひとではないですからね。では、これで」

軽く頭を下げ、金山と別れる。

二年二組の教室の前までやってきた啓史は、そこでいったん立ち止まった。部屋の中から聞こえてくる独特な騒音に数秒耳を傾ける。

いいな、この音……この中には沙帆子が立てる音もまじっているんだよな。

ふっと笑みを浮かべ、啓史はドアを開けた。

話し声がピタリと止まる。次の瞬間、さらに生徒たちはわらわらと席に戻っていった。あっという間に静寂《せいじゃく》が訪れ、噴き出しそうになる。

「あれっ、佐原先生」

啓史に気づいた生徒が声を上げ、室内がざわめく。彼はさりげなく視線を巡らせて、沙帆子の姿を捉えた。

ずいぶんと驚いてこちらを見ている。

まさか俺が来るとは、思ってなかっただろうからな。

「熊谷先生はどうしたんですか？」

「病気でお休みですか？」

熊谷を心配する問いがいくつも飛んできた。

「熊谷先生は用事があるとのことで、俺が代わりにきた。それじゃ、ホームルームを始めるぞ」

生徒たちに向かって話をしながら、沙帆子を視界に入れる。

なんだ？　やけに表情が硬いようだが……

俺が突然来たんで、緊張しちまったのか？　それにしては様子が……

気になるが、あまり注目するわけにもいかない。啓史は仕方なく視線を手元に落とし、出席簿を開いた。

29　効果的な方法　～沙帆子～

ま、まさか佐原先生が来るなんて……

なんてタイミングだろう。

このセーターを着ているせいで、身の置きどころがない。

あんな風になっちゃったのは、このセーターが佐原先生のものだからなんだよね。そうでなかったら、これほど騒ぎにはなっていなかっただろう。

わたしが浅はかだったのだ。自分の結婚した相手は、学校でもっとも注目を浴びている教師、佐原啓史なのだということをしっかりと自覚し、過剰なくらい注意すべきだった。

だが、いまさらそんな反省をしたところで遅い。事は起こってしまった。

もう、先生と顔を合わせられないよ。

まさかと思うけど、このセーターのことを、誰かがいま話題にしたりはしないよね？

可能性がないとは言えず、嫌な汗が背中を伝《つた》う。

啓史がこのセーターに気づいているか気になってしょうがない。顔を上げて確認したいが、それもできない。

何事もないままホームルームは終わった。啓史が去り、神経を尖《とが》らせていた沙帆子の身体から力が抜ける。

啓史がいたのは、ほんの数分のことだったが、沙帆子にはとんでもなく長く感じられた。

セーターを着ていなかったら、啓史の突然の登場に胸をときめかせ、この時間を楽しんだだろう。

そう思うと、さらに自分を責めたくなる。

そのあとすぐに一時間目の教科の教師がやってきて授業が始まった。沙帆子は落ち着かないまま、授業を受けることになった。

授業が終わったらセーターを脱ごう。このセーターを見て、啓史のものに似ていると思う者が、まだ他にもいるかもしれない。その可能性があるのに、このまま着続けるなんて、とてもできない。

一時間目が終わると、沙帆子はそっと教室を抜け出そうとした。

「沙帆子」

ドアに歩み寄ったところで、千里に声をかけられる。振り返ると、「トイレに行くの？」と聞いてきた。沙帆子は頷《うなず》いた。ひとの目に触れずにセーターを脱ぐとしたらトイレくらいしかない。

そこに詩織もやってきた。結局みんなで行くことになり、教室を出る。

「あの……わたし、これ脱ごうと思って」

沙帆子はセーターを指でつまみ、小声で言った。

「脱ぐの？　まあ、それがいいかもしれないわね」

「ねぇ、わたし考えたんだけど……やっぱり、広澤……」

「詩織」

千里は詩織の言葉を制止する。

「ここではやめよう」

「そ、そうか。ごめん」

気まずい雰囲気になってしまい、沙帆子は申し訳なくなって唇を噛んだ。

ごめんは、自分がふたりに言いたい言葉だ。

「あーっ、ほんとだぁ」

少し離れたところで甲高い声が上がり、沙帆子は思わず顔を向けた。女子生徒たちが数人固まって、こちらを見ている。まぎれもなく沙帆子に注目しているようだ。慌てて視線を逸らす。

ま、まさか、このセーターのこと？

ひそひそ話をしている女子生徒たちの視線から逃れるように、沙帆子は足を速めた。

早く、脱がなきゃ。気持ちが急《せ》いて、沙帆子は駆け込むようにトイレに入った。

「沙帆子」

千里と詩織が追ってきたが、そのままトイレの個室に籠《こも》る。

なんとかセーターは脱いだが、次の瞬間ハッとする。

入れる物を何も持ってこなかったのだ。脱いだセーターを手に抱えて戻っては、さらなる注意を引きそうだ。もおっ、わたしときたら、ほんと考えなしだ。

どうしよう？　途方に暮れ、ブレザーの内側に隠してみたが、膨《ふく》らみ過ぎてとんでもなく目立つ。

駄目だ。抱えて戻るしかない。

覚悟を決め、トイレから出ると、千里と詩織が待っていてくれた。

ふたりは沙帆子が手にしているセーターを見つめている。

「戻ろう」

千里が沙帆子の背を押す。詩織もぴったりついてくる。

教室に向かっていたら、先ほどこちらを見ていた女子生徒たちが駆け寄ってきた。行く手を塞がれ、逃げられない。最悪の事態に身が強張《こわば》る。

「それ脱いじゃったの？　背の低い榎原さんにすっごい似合ってたのに。ブッカブカでぇ」

その言葉には、明らかに嘲《あざけ》りが込められていた。千里が沙帆子を庇《かば》うように前に立つ。

「ちょっと、やめなさいよ」

「佐原先生のセーターに激似のやつだって聞いたけど……ほんと？」

「広澤君と付き合ってるとかって噂も広まってるけど……彼がそんなの着てるところ見たことないわよ。榎原さん、あなた、そのセーター、実は自分で買ったんじゃないの？　注目浴びようと思ってぇ」

「いい加減にして！」

千里が本気で怒鳴りつけた。

「おー、こわっ！」

怖がる真似をして、友達の背中に隠れる。すると今度はその友達が一歩前に出てきて、沙帆子に物申す。

「佐原先生の結婚相手が、あなただとか……そんなセーター着たからって、誰も信じないわよ。馬鹿じゃないの」

「あのねぇ、この子はそんなことは一言も言ってないわよ！」

「ねぇ、ちょっと見せてよ」

突然、手が伸びてきて、セーターを掴まれた。驚いた沙帆子は慌ててセーターを引き寄せる。

「ちょっと見るだけだってば！」

思い切り引っ張られる。

「だ、駄目っ！」

セーターが伸び、沙帆子は青くなった。

ど、どうしよう？　先生のセーターが……でも、この子に、セーターを渡したくない。

「もう、やめなよっ！」

それまでおろおろしていた詩織が声を上げて、セーターを掴んでいる子の腕を力任せに叩いた。

「いたっ！　何するのよ！」

「さ、沙帆子を侮辱《ぶじょく》したら、ゆ、許さないんだから！」

し、詩織……

「このセーターは広澤君のなの。沙帆子は広澤君の彼女なの。もう沙帆子にちょっかいかけないでよね！」

沙帆子は詩織の爆弾発言に身体が固まった。千里も同様に固まっている。

険《けわ》しい顔をしていた詩織が、我に返ったようにこちらを振り返る。

自分が何を口にしたのか、いまさら気づいたようで、ヒクヒクッと顔をひきつらせている。

「……沙帆子、詩織、行こう」

千里がふたりを促《うなが》し、三人は教室に戻った。

「ふたりとも……ご、ごめん」

詩織が身を小さくしてぼそぼそと謝る。

「わたしはいいよ。……沙帆子？」

沙帆子は涙が込み上げてきて何も答えられなかった。

先生のセーター……わ、わたしのせいで、ヨレヨレになっちゃった。

「沙帆子ぉ」

詩織が泣きそうな声で呼びかけてくる。沙帆子はハッとして急いで涙を拭《ぬぐ》う。

「詩織、だ、大丈夫だよ。あの、ありがとう。わたしのために怒ってくれて……」

「でも……勝手にあんなこと口走っちゃって……」

そのとき、授業開始のチャイムが鳴り響いた。それとほぼ同時に教師がやってくる。もう話すことはできず、三人はそれぞれ自分の席に戻った。

あんな場所で宣言してしまったから、広澤と付き合っているという噂が流れてしまうだろうか？

あれ、みんな信じたのかな？　いまさら否定できるのかな？

広澤と付き合っていることになってしまったなんて……とてもじゃないけど啓史に言えない。

その後も、悩みながら授業を受け続けた。四時間目の授業が終わり、みんなが帰り支度を始めるなか、沙帆子も暗い気分で鞄《かばん》に教科書を詰める。

「あの、榎原さん」

啓史のセーターではないかと見破った子が、急に声をかけてきた。沙帆子は思わずぎょっとしてその子を見つめてしまう。そんな沙帆子の反応に、彼女はひどく顔をしかめた。

「わたしが余計なことを口にしたせいで、榎原さん、他のクラスの子にすっごいひどいことを言われてたでしょう？　……ご、ごめんなさい」

泣きそうな顔で頭を下げられ、慌ててしまう。

「そ、そんな、いいよ。別に気にしてないから」

「でも……」

「榎原さん、わたしもごめん。調子に乗って騒いじゃって」

「わたしもごめんなさい。他のクラスにまで話が飛び火して……あんなことになるなんて思わなくて……ほんと、そんなつもりなかったんだよ」

三人に頭を下げられ、身の置きどころがなくなる。この三人が悪いわけじゃない。悪いのはそもその原因を作った沙帆子自身なのだ。

「うん、わかってるから、大丈夫だよ」

「あっ、佐原先生」

その声に、沙帆子は身を竦《すく》めた。ぎこちなく首を回して、教壇《きょうだん》を見る。

「ほら、座れ。帰りのホームルームやるぞ」

啓史の指示に、みんな自分の席に着く。だが度肝《どぎも》を抜かれた沙帆子は固まったまま動けなかった。

「榎原、早く席に着け」

啓史がそっけなく言う。沙帆子は青くなり、慌てて着席した。ガタガタッと大きな音が響く。

さ、最悪だ……

すぐにホームルームが開始された。大好きな啓史の声なのに、いまは耳に入ってこない。

冷静になる前に、啓史は去ってしまった。

呆然《ぼうぜん》として座っていると、肩に手を置かれた。

「沙帆子」

千里が顔を覗《のぞ》き込んでくる。

「う、うん」

そう返事をしたものの、考えがまとまらない。

「ほら、帰るよ」

手を引かれ、沙帆子は立ち上がった。そのまま教室を出ようとし、「沙帆子、鞄《かばん》」と声をかけられる。

あっ、そうか鞄《かばん》……

差し出された鞄《かばん》を受け取り、千里に促《うなが》されるまま、沙帆子は教室をあとにした。詩織が何か言っているようだが、頭がぼんやりしてしまい、聞き取れなかった。

「ちょっと、大丈夫？」

千里と詩織が、心配そうに沙帆子の顔を見つめている。

「う、うん」

そう答えて周りを見回し、沙帆子はパチパチと瞬《まばた》きした。

えっ、なんで生徒会室の前にいるんだろう。

「えっと……なんで、わたしたち、こんなところにいるの？」

困惑して尋ねたら、千里が眉を寄せた。

「あんた、本当に大丈夫？」

「う、うん。大丈夫だけど……」

「芙美子ママに迎えに来てもらうことにしたんだよ。わかってる？」

「ママ？　迎えに来てもらうって……どうして？」

そう聞き返したら、千里は「とにかく中に入ろう」と言う。沙帆子は背中を押されて、生徒会室に入った。

椅子に座ったものの、そわそわして落ち着かない。こんなところにのんびり座っている場合じゃない気がするのだ。

「えっと……」

「沙帆子、ちょっとごめん」

千里の謝罪の声が聞こえた直後、両頬に衝撃を食らった。

バチンという音と痛みに目を見開く。

「なっ、なっ？」

どうやら、両手で思い切りほっぺたを叩かれたらしい。

「痛いよ」

「どう、正気に戻った？」

「しょ、正気？」

「まだぼんやりしているようなら、もう一発！」

千里が大きく両手を振り上げる。沙帆子は慌てて身体を後ろに反らした。

「ぼ、ぼんやりしてない」

「よかった。沙帆子、どうかしちゃったのかと思って、心配したよぉ」

詩織が涙目で沙帆子に縋《すが》ってくる。

「えーっと……わたし、佐原先生がやってきて、びっくりして立ち竦《すく》んでたら、先生に『席に着け』って注意されて……そこら辺りから記憶が……」

「ショックが強過ぎたんだね。色々あり過ぎて」

そう言われて一気に思い出す。そう、セーターだ。

「ごめん。わたし……心配かけちゃって……でも、もう大丈夫だから」

早くアパートに帰らないと……ママが……うん？

「ママに迎えに来てもらうって、言った？」

「言ったよ。あんたひとりで帰るなんて無理だと思ったから、わたしが芙美子ママに電話した」

うわーっ！　ボケッとしている間に……

「ママに電話する」

沙帆子は携帯を取り出したが、不安に駆られて尋ねる。

「あの、わたし、ママと話してないよね？」

「話してないよ。話せるような雰囲気じゃなかったからね」

「そ、そう。わたし、そんなにおかしかった？」

そう聞くと、千里と詩織が真剣な顔で、こくりと頷《うなず》く。どうやら、かなりおかしかったらしい。

まったくもおっ、大失態だ！

「あの、ごめんね。ほんとごめん」

「謝らなくていいよ。それだけショックを受けたってことだよ」

詩織が一生懸命に慰《なぐさ》めてくれる。

携帯にはメールの着信があった。芙美子からかと思って確認したら、なんと啓史からだ。

「せ、先生からメール来てる！」

「なんて言ってきたの？」

千里にそう聞かれるが、メールを読む勇気が出ない。沙帆子は千里の顔を見つめ返した。

「まったく、そんな情けない顔しないの」

ペチンと額を叩かれる。叩かれた額を撫《な》でつつ、沙帆子はため息をついた。

先生、ボケッとしていたことを注意してきたのだろうか？　まさか、セーターのこと？

確認するのが怖い。だけど無視はできない。

ごくりと唾を呑み込み、メールを開く。

(連絡してくれ)

連絡……物凄く連絡しづらいんですけど……

「早く電話したほうがいいんじゃない。メールが届いてからかなり過ぎてるようだし」

メールの文面が目に入ったらしく、千里がそう勧めてくる。

「ま、まず、ママに電話する」

心を落ち着けないと、啓史と話などできそうもない。

芙美子に電話したが、呼び出し音が続くばかりで出る気配がない。

「きっと運転中で出られないんだわ。もうこっちに向かってるはずだもの。到着したら、電話してくれることになってるから」

そうか、ならママと話すのは会ってからだ。

こうなると、もう啓史に電話をしなければならない。

スーハースーハーと呼吸を繰り返し、気持ちを落ち着ける。

そんな沙帆子を、千里と詩織は苦笑しつつ見ている。

いよいよ覚悟を決めて電話しようとしたら、なんと森沢と広澤がやってきた。千里からここにいることを聞いてやってきたらしい。

広澤と顔を合わせづらかった。沙帆子の彼氏が広澤だと宣言した詩織は、沙帆子以上に気まずそうだ。

あの話は、すでに広澤に伝わっているんだろうか？　まだ伝わっていないとしても、謝るべきだ。

「あの、広澤君」

沙帆子の呼びかけに、広澤が顔を向けてきた。

「江藤《えとう》さんの発言のことなら、もう聞いてるよ」

その言葉に、詩織が「ええっ⁉」と声を上げた。そして慌てて立ち上がる。

「あの、ごめんなさい」

詩織は広澤に向けて思い切り頭を下げた。沙帆子も立ち上がって謝罪する。

「広澤君、わたしもごめんなさい」

「謝罪は必要ないよ。僕から付き合っていることにしてくれって、君に頼んだこともあるんだし」

「そのことはいまはいいだろう。それより、大事な話をしないと」

森沢が真剣な顔で話を切り出してきた。廊下まで聞こえないように配慮して声を潜《ひそ》めている。

「榎原さん、君の噂がずいぶん広まってる。みんな暇《ひま》だなと思うけど……」

その言葉に不安が込み上げる。事態はどんどん悪くなっているんだ。どうしよう？

「あの、どんな噂が？」

沙帆子は強張《こわば》った声で、森沢に尋ねた。

「君が付き合っている相手が、複数噂されてるな。広澤もその中のひとりだけど……問題なのはその中に……」

「まさか、佐原先生？」

千里が緊張を帯びた表情で口にする。沙帆子の息が止まった。

「ああ。相手は広澤だという噂が本命とされているけど……みんな面白おかしくしたいんだろうな。それで佐原先生の結婚相手は君なんじゃないかって噂も……」

血の気が引いた。

啓史の結婚相手に自分の名が挙がるなんて……絶対に、あってはならないことだったのに……

「やっぱり、セーターはまずかったね」

森沢の指摘に、後悔が込み上げる。さらに極度の不安から、気分まで悪くなってきた。

「わたしが……わたしがいけなかったんだわ」

千里がふいに悔《く》やむように言い、沙帆子は面食らった。

「えっ、なんで？」

千里は唇を噛みしめる。

「沙帆子が、前にあのセーターを着ていたとき、この子が表からは見えないように着てたのを、そんな風に着ていたらみっともないって、手直ししちゃったの。あんなことしなかったら、ちょっと太ったな、くらいで終わったのに……」

「そんな……千里は全然悪くないよ」

「僕もそう思うぞ。誰も悪くない。ただ、こういう結果になってしまっただけだ」

千里は小さく頷《うなず》き、口を開いた。

「で、大樹《だいき》はこれからどうしたらいいと思うの？」

「噂は自然に消えるのを待つほうがいい。必死にもみ消そうとすれば、かえって人の気を引くことになるだろうから」

「それじゃ、何もせずにいるわけ？」

「一番効果的な方法は、榎原さんが広澤と付き合っているということにすることだな」

「まあ、そうなんだけど。すでに佐原先生は、その提案を拒否しているのよ」

「あれから事態は悪化してる。説得すれば……」

「説得に応じる？」

千里が眉を寄せて問いかけると、森沢は苦笑する。

「わからないな。……ねぇ、榎原さん」

「は、はい」

「君はどう思うの？　佐原先生の結婚相手が君だという噂話は、いまのところ冗談半分みたいなものだし、広澤と付き合っていると認めてしまえば、あっさり消えると思うよ」

森沢の言う通りだと思う。だからって頷《うなず》けない。啓史の反応が気になるのはもちろんだけど、それをするのは沙帆子自身が嫌なのだ。

これまで啓史の結婚相手は、ミス白百合と呼ばれる美女、白井百合子《ゆりこ》ではないかと言われてきた。沙帆子はその噂を聞くたびに、どうにも胸がシクシクしてならなかった。だから啓史だって、同じように感じるかもしれない。

「やっぱり……ごめんなさい」

「そうか……」

落胆したように森沢が呟《つぶや》き、胸が苦しくなる。

森沢君、わたしたちのために親身になって考えてくれているのに……

「わかった。それじゃ、これまで通りで行こう。君と江藤さん、どっちも広澤と付き合っている風を装う。オッケー？」

　森沢は、四人に向けて言う。

「それでいいと思う。それなら佐原先生も許可するだろうし……」

　千里はそう言ったあと、含みのある視線を森沢に投げる。

「大樹、でもそれは建前《たてまえ》でしょ？」

「おっ、さすがだな、千里」

　ふたりの会話についていけず、沙帆子は眉を寄せた。詩織もよくわかっていないようだが、広澤は理解できているようだった。

「あの？」

「君のほうの比重を重くするってことさ」

　比重？　ようやく意味がわかった沙帆子は、顔をしかめた。つまり沙帆子と広澤の噂のほうに真実味をもたせるようにするということだろう。

「あの、どのくらい？」

「ぐっと、かな。都合がつく限り、下校時、校門付近までふたりで帰るようにするとか」

「だけど、そんなの広澤君の負担に……」

「榎原さん、僕は構わないよ」

「広澤君、でも……」

「わたしもそうしたほうが断然いいと思うよ」

そう言ったのは、詩織だった。明るい笑みを浮かべている詩織を見て、沙帆子は複雑な気持ちになる。詩織は広澤君のことが好きなのに……無理をしているに違いないのだ。

胸が疼《うず》き、沙帆子は心の中でため息を落とした。

30 予感的中 ～啓史～

昼食の弁当を食べ終えても、啓史はもやもやした思いを抱えていた。

沙帆子が作ってくれた弁当だというのに、気にかかることがあり、美味しく味わえなかった。

沙帆子に、連絡してくれ、とメールをしたが、いまだになんの音沙汰《おとさた》もない。

気づいていないだけならいいのだが、嫌な予感がする。

朝と帰りのホームルームのとき、沙帆子は確実に様子がおかしかった。だがいくら気になっても、その場で沙帆子に話しかけるわけにはいかない。啓史は後ろ髪を引かれつつ、クラスをあとにした。

何か問題が起きたに違いない。早く沙帆子のもとに行き、話を聞きたいのだが……仕事が終わらなければ帰れない。

沙帆子はもう下校したはずだ。こちらから電話しても構わないだろう。

携帯を取り出そうとしたそのとき、ドアがノックされた。どきりとして息を潜《ひそ》める。

「佐原先生、森沢ですが」

なんだ、生徒会長の森沢か。

それにしても、こいつ、なんの用でやってきたんだ？

そう考えたところで、ハッとする。

こいつが俺のところにやってくるとすれば、沙帆子絡みしかあり得ない。やはり、なんかあったんだな？

啓史は急いで立ち上がり、ドアを開けようとしたが、テーブルの上に弁当箱が置いたままなことに気付いた。森沢がひとりかはわからないし、出しっぱなしはまずい。

「森沢、ちょっと待っててくれ」

声をかけ、急いで片付ける。

ドアを開けると、森沢が笑みを浮かべて入ってきた。どうやらひとりのようだ。

「よかった。こちらにいらっしゃったんですね」

「何かあったか？」

「まあ、色々と」

その返事に、予感が的中したことを知る。

「それは……ああ、とにかく座ってくれ」

「ありがとうございます」

啓史も自分の椅子を引っ張ってきて、森沢の近くに座る。そして、できるだけ顔を近づけた。

「それで、何があった？」

万が一のことを考えて、声を潜《ひそ》める。

「僕個人の考えとしては、さほどたいしたことではないと思うんですが……飯沢さんが、早めに佐原先生のお耳に入れておいたほうがいいだろうと言うので、僕がやってきた次第です」

「本題に入れ」

「セーターのことです……おわかりですよね？」

セーター？

「は？　いや、わからない」

「そうなんですか？」

「もっとわかりやすく説明してくれ」

「わかりました」

森沢は啓史に顔を近づけ、さらに声を落とす。

「榎原さんが着用している男物のセーターですよ」

それって、俺がだいぶ前に沙帆子に着せたセーターのことか？

いまのいままで、すっかり忘れていたが……そうか、それを沙帆子は今日着たわけか。

「で、それがどうした？」

「彼女に、着せるべきではなかったようです」

啓史は眉を寄せた。

「どういうことだ？」

「実は、そのセーターを見て、それが誰のものであるか言い当てた女子生徒がいたんです」

「はあっ、嘘だろ。なんで俺のだってわかるんだ？」

特別凝《こ》ったデザインってわけでもないのに……

「わかる者にはわかるということのようです」

わかった風な口をきく森沢に、啓史はイライラしてきた。

もし、それが本当なら、とんでもないことだ。だが、もし完全にバレたのであれば、森沢はこんなに落ち着いてはいないだろう。

「それで？」

「先生、慌てませんねぇ」

「お前、それを期待して言葉を選んでいるのか？　この俺を相手に命知らずだな、森沢」

冷ややかに告げると、森沢がピクンと震える。

「い、いえいえ。命までかけるつもりはありません。……ちょっと調子に乗りました。すみません」

「お前の懺悔《ざんげ》はどうでもいい。早くすべてを話してくれ」

「わかりました」

森沢から事の次第を聞き、啓史は眉を寄せた。

沙帆子が啓史の結婚相手じゃないかという噂まで出回っていると聞き、さすがに動揺した。

俺と沙帆子を結びつけたりする奴はいないだろうと、軽く考えていたのだと気づく。

もっと用心すべきだった。俺のセーターを考えなしに着せたのはまずかった。

「そうか」

ホームルームのとき、様子のおかしかった沙帆子を思い返し、口の中に苦いものが湧く。

あいつ、必要以上に自分を責めてんじゃないのか？

「榎原さんは、かなりショックを受けているようでして」

湧き上がった不安が的中し、啓史は顔を歪《ゆが》めた。

しかし、この話の感じだと、沙帆子はまだ下校していないんじゃないのか？　ならば、あいつはいまどこにいるんだ？

「あいつ、いまどこにいるか、知ってるか？」

「生徒会室にいます」

また生徒会室か……広澤も一緒なんじゃないだろうな？

「そうか。なあ、森沢」

「なんですか？」

「お前、なんのためにここにきた？　もっと他に話があってきたんだろう？」

「さすが、佐原先生」

「世辞はいい」

啓史の言葉に、森沢は表情を改め、話を切り出してきた。

「今回のこと、軽く考えないほうがいいと思います。大袈裟《おおげさ》なくらい重く受け止めるべきだと」

「……で？」

「先生、怒らないで聞いてくださいね」

そんな前置きをされ、啓史は森沢から距離を取った。

「せ、先生？」

「言いたいことはわかった」

「まさか、マジですか？」

「この流れでは、それしかないだろ」

「うわーっ、さすがだな」

「お前、口を閉じたほうが身のためだぞ。だが、親身になってくれてありがたいと、思ってる」

「いえ。最悪の事態にはなってほしくないですから。僕も千里も。それから……」

「江藤と、広澤も……か」

「ええ」

肯定されて、やはりかと思う。たぶん広澤も生徒会室にいるのだろう。

「セーターに関しては、俺が悪い。……あいつに電話するがいいか？」

「もうそろそろ、榎原さんのお母さんが迎えにいらっしゃると思いますが」

芙美子さんが迎えに？

「飯沢さんが、そのほうがいいだろうと」

「ああ、それがいいな。ありがたい」

啓史は携帯を取り出し、芙美子にかけた。

呼び出すが出ない。たぶん運転中なのだろう。電話を切り、芙美子からの連絡を待つことにする。

「それで、了承してもらえますか？」

「嫌だな」

「先生」

「当たり前だろう。了承なんかするか！　……だが、勝手に噂が広まるのはどうしようもない」

そう口にし、啓史は腕を組んで目を閉じた。

くそっ！　やってられねぇ。自分で自分の首を絞めることになるとは。

「でも、江藤さんの噂も流すつもりですので……」

「うん？　江藤？」

「はい。ふたりのどちらが広澤と付き合っているのか、わからないようにしようということに……」

その言葉に、なんだと思う。てっきり校内で、広澤と沙帆子が付き合っている風を装うのだと思っていた。

「噂止まりか？」

「はい。付き合っているふりは、榎原さんが断固として拒否するので、仕方なく」

「ふーん」

「嬉しそうですね」

「まあな」

そう返事をしたところで、啓史は眉を寄せた。

まさか、こいつ……？

「森沢」

「はい」

「俺の噂、知ってるよな？」

「どれのことでしょうか？」

「全部だ」

「全部ですか。まあ、知っていますが……それが？」

「あげてみろ？」

「……ひとつは、先生がゲイだという噂」

「しょっぱなに、それを出すか？　悪趣味だな」

森沢がくすくす笑い、言葉を続ける。

「これについては、敦さんが出所《でどころ》ですからね」

「よく知ってるな。奴に直接聞いたのか？」

「はい。ダチのしあわせのためなら自己犠牲もやむを得ぬとか、言ってました」

「ありがたい友達だよ、まったく。それで、次は？」

「はい。結婚は嘘だという噂」

「その出所《でどころ》はお前か？」

「はい。噂は多いほうがいいと思いまして」

「で、極めつけが、白井百合子か」

「それの出所《でどころ》は知りません。煽《あお》ってはおきましたが」

煽《あお》っておきました、か……ずいぶんと控えめな表現なんじゃないのか？

「その噂について、敦も知ってるのか？」

俺に何も言ってこないのだから、敦は知らないだろうと思うが、念のため聞いてみる。

「いいえ。敦さんは校外の方ですから、わざわざ伝えてはいません」

「そうか。伝えていれば、止めただろうな」

「どうしてですか？」

啓史はため息をつく。

「白井百合子は、俺と敦の親友の恋人だ。最近婚約もした。そんな噂が広まっては、親友がショックを受ける」

「そうでしたか……それは困ったな。先生、どうしましょう？」

「俺に聞くなよ」

啓史は投げやりに言って、肩を落とした。

その後森沢は部屋を出ていったが、ひとりになった啓史はイライラしてならなかった。

できることなら沙帆子に会いに行きたい。だがそれはできないのだ。もどかしいったらない。

まったく問題ばかりで……しかも、ほとんどが自分ではどうにもできないことなんだからな。

くそっ！

苛立ちをくすぶらせていたら、芙美子から電話がかかってきた。

「啓史君、お待たせ」

「もう学校に？　沙帆子は？」

「まだ向かっている途中よ。いまはコンビニの駐車場」

「芙美子さん。今回のことは俺の失態です。申し訳ありません」

「いいえ啓史君、あなたばかりを責められないわ。あのセーターのこと、わたしも知ってたのよ。学校に着ていくつもりで、夕べ持って帰ったんだろうと思っていたの」

「そうなんですか？」

「ええ、でも、まさか、こんなことになるとは思わなかったわ」

「それは俺も同じです」

「もちろん、考えられることではあったなと、いまとなれば思うけど。とにかく、これから沙帆子を迎えに行くわ。心配いらないわよ、あの子のことは任せてちょうだい。自分を責めて落ち込んでるようだけど」

「芙美子さんにお願いできれば、俺も安心です」

「それにしても……もっともっと用心が必要ね。些細《ささい》な煙でも、立てないほうがいいわ」

「おっしゃる通りです」

「それじゃ、今夜はできれば早めに戻ってちょうだい」

「わかりました。では」

通話を切り、啓史はため息を落とす。

「あいつ、落ち込む必要なんてないのにな」

とにかくさっさと仕事を終わらせて、沙帆子の側に行ってやろう。

31　おしゃべりの効能　～沙帆子～

はあっ。

こんなに落ち込んだのは、初めてかもしれない。

まさか、先生のセーターを着ることで、こんな騒ぎになるとは思ってもみなかった。わたしが浅はか過ぎたんだ。ほんと、わたしの考えなしっ！

気がすむまで自分の頭を叩いてやりたいが、みんなのいるところでは、それもできない。

もっと用心しなきゃいけなかったのだ。まさかと思うようなことも、世の中では起きる。

あの子に、先生のセーターに似てるって言い当てられて驚愕《きょうがく》したけど、いまとなればよくわかるんだよね。

好きな人には自然と目が行くものだ。そしてどんな些細《ささい》なことでも記憶に残る。

先生のセーターを着て、舞い上がって、調子に乗って……ほんと、馬鹿だ。

「ほら、元気出しなってば」

ずっと側についてくれている詩織が、声をかけてきた。

少し離れたところで広澤と話していた千里も、こちらに近づいてくる。

森沢はじゃんけんで負けて、みんなのぶんの飲み物を買いに行ってくれている。

「みんな、ごめんね」

「もう謝りっぱなしじゃないの。謝罪はそんなに必要ないわよ」

「でも……みんなに迷惑かけちゃって……」

「友達だからね」

「千里……」

「それに、こういう事態、わたしは想定してたよ」

「そ、そうなの？」

千里は頷《うなず》き、隣の席に腰かけてきた。

「何も起こらないほうがいいけど、そうはいかないだろうなって。相手があの佐原先生だからね、どうしても生徒たちの注目を浴びる。佐原先生は、そういうのちっともわかってないようだけど……あのひとは、もっと周りから自分がどう見られているか、どれだけ注目されてるか、しっかりと自覚してほしいわ！」

千里が息巻く。すると詩織が称賛するように拍手をした。

「その通りだよ、千里っ！」

「君たち、もっと声を抑えて」

ドアのところに立っていた広澤が、控えめに注意してきた。

千里と詩織は、そろって気まずそうに頷く。

啓史絡みの話が、他の生徒や教職員の耳に入ったりしては困るのだ。話すときは、できる限り声を抑えたほうがいい。

「僕、廊下に出てるから」

「うん、お願い」

「あの、広澤君、ほんとごめんなさい」

どうにも申し訳ない気持ちが込み上げてきて謝ると、広澤は苦笑して部屋から出ていった。

「もうそろそろ芙美子ママがやってくる頃だと思うけど……」

沙帆子はさらに肩を落とした。

まさか、ママに迎えに来てもらうことになるなんて……

「あの、本当に広澤君と一緒に校門まで行くの？」

「そう言ったでしょう。こういう事態になったんだから、あんたの相手は広澤君かもって、もっと誤解させたほうが安全だって。あんたたちを守るためなの。広澤君も、あんたのためを思うから協力してくれるんだよ」

それが申し訳ないんだけど……

「あのさぁ」

詩織がなにやら言いづらそうに声をかけてきた。

「やっぱりさ、わたしがすでに、沙帆子と広澤君は付き合ってるって宣言しちゃったわけだし……いまさらわたしもってことにするより、単純に沙帆子と広澤君が付き合ってるってことにしたほうがいいんじゃないかな。そのほうが、信憑性《しんぴょうせい》が増すよ」

「そうだけど、やっぱり沙帆子には無理だわ」

「えっ、沙帆子には無理って、どういうこと？」

千里の意見に詩織は戸惑って聞き返す。沙帆子も千里を見つめた。

「ボロが出るってこと。付き合っていると信じ込ませるためには、それらしく振る舞わなきゃならない。この子にそれができる？」

千里は沙帆子の顔を指さして、詩織に問う。沙帆子は顔を歪《ゆが》めた。

「確かに無理っぽいかも」

詩織は沙帆子を窺《うかが》い、申し訳なさそうに言った。

ふたりの言い草にはちょっとむっとしたが、実のところ反論できる立場じゃない。演劇だって、壁の花を演じるので精一杯だったのだ。恋人っぽく振る舞うなんて、到底無理だろう。

「詩織、あんた広澤君と立ち話しといでよ。いい宣伝になるし」

「宣伝？」

「そう、宣伝。それに広澤君もずっとひとりでいるのはつまらないわよ」

「そ、それもそうかな」

そわそわしつつそう言うと、詩織は立ち上がって出ていった。

ふたりになるのを待っていたかのように、千里が話を切り出す。

「今回のことで思ったんだけど……」

「何を？」

「広澤君だって、佐原先生と同じようなものだって」

「同じって？」

「思いを寄せてる女子が多いってことよ。今日のあの子みたいに、広澤のことが好きな子たちは些《さ》細《さい》なことに気づくんだろうなと思うわけ」

沙帆子は頷《うなず》いた。自分もそう思う。

「……どう、少しは元気出た？」

「うん、少し」

沙帆子ははにかんだ。

「佐原先生に電話してみたら？　話したほうが、すっきりするんじゃない？」

「それはそうなんだけど……」

「かけづらい？」

「うん」

「妻なのに？」

「……妻だから、だよ。いまの場合……」

「そういうもんかな？」

「今回の話を聞いたら……呆れ果てるよ。愛想をつかされるかも……」

「……そんなことないと思うけどなぁ」

「もう合わせる顔がなくて……」

そう口にした沙帆子は、急に自分が恥ずかしくなった。

友達にこんなにも迷惑をかけて、落ち込んで心配をかけて、わたしはまだ愚痴《ぐち》るのか？

沙帆子はポケットから携帯を取り出した。

「電話、かける。先生にちゃんと話す」

啓史から（連絡してくれ）とメールをもらったのに、いまだに電話できていない。

セーターをヨレヨレにしちゃったから、なおさら勇気が出なくて……わたし、ほんと最低だな。

「沙帆子？」

「ごめん。もう色々恥ずかしい。もう愚痴《ぐち》らない。ちゃんとする」

ぴんと背筋を伸ばして言ったら、千里は何も言わずに頷《うなず》き、生徒会室を出ていった。

千里の気遣いに目頭が熱くなる。

沙帆子は迷わず電話をかけた。呼び出してすぐ啓史が出た。

「あの、先生、いま」

「バーカ」

へっ？

「あ、あの……？」

なんで開口一番、そんな台詞《セリフ》をいただかなければならないのだ？

「遅いってんだ。なんでもっと早くかけてこない」

「す、すみません。色々とありまして……」

「なんだ、思ったより元気だな」

「えっ？　あのぉ？」

「俺が貸したセーターのおかげで、お前、とんだ目に遭《あ》ったらしいな」

沙帆子はびっくりした。

「あ、あの……し、知ってるんですか？」

「ああ。俺のセーターを着ていたら、俺のだって気づかれたんだって？」

ほんとに知ってるんだ。

「は、はい。そうなんです。気づかれるなんて、まさか思わなくて……」

「俺だってそう思ってたさ。だからあのときお前に貸したんだ。しかし、恐れ入ったよな」

啓史はそう言って、くっくっと笑う。

せ、先生、笑ってる？　なんで？

自分の浅はかな行動のせいで、バレそうになったというのに……

呆れ果ててないの？　愛想をつかしてないの？

「芙美子さんは、まだ迎えに来てないのか？」

「そのことも知ってるんですか？」

「俺はなんでも知ってるぞ」

冗談めかして啓史が言う。

「知らないこともありますよぉ」

泣きそうになりながら言う。

「どんなことだ。言ってみろ?」

沙帆子は涙を零《こぼ》しながら、セーターがヨレヨレになってしまったことを告げた。

「なんだ、そんなことか。クリーニングに出せば綺麗になるさ。そんな些細《ささい》なこと気にするな」

やさしい言葉をかけられ、さらに涙が出てくる。

「それで?」

「あっ、はい。……ぐすっ、校門のところに到着したら、電話をもらえることになっていて……そろそろだと思うんですけど……ぐすっ」

「そうか。それじゃ、俺も仕事を終えたらすぐに行くから……あんまり泣くな」

「は、はい。……待ってます」

携帯を切る。ほっとしたけれど、涙は止まらない。

ぎゅっと握りしめた携帯を胸元に当て、沙帆子はしばらく泣き続けた。

「広澤君、本当にごめんなさい。迷惑かけて」

沙帆子は恐縮して謝った。

芙美子から学校に到着したという電話を受け、広澤と一緒に校門に向かっている。

校門までの道のりで、啓史と偶然鉢合わせするようなことはまずないと思うのだが、可能性がまったくないわけではないので、どうにもそわそわしてしまう。

「僕もこれで帰るんだから、何も迷惑じゃないよ」

「でも……」

「どうせなら気楽に話そうよ。あれこれ考えずにさ」

「広澤君」

「僕らがこうして歩いている理由を考えるから、君は負担に思うんだよ。ただ一緒に歩いてる。それくらいの気持ちでいればいいいんじゃないかと思う」

「う、うん」

「僕としては、君と手でも繋いで歩ければ最高だけど」

冗談っぽい口調で言われ、沙帆子は笑い返した。

「でも、それをしたら、恐ろしい目に遭《あ》いそうだからね」

実のところその通りだと思うので、反応に困る。そんな沙帆子を見て広澤は苦笑いする。

「ほんと、冗談ではすまないんだろうな。江藤さんがとんでもない発言をしたときの先生は、すさまじく恐ろしかったからなぁ」

詩織が啓史のことを、むっつりスケベと言ったときの話だろう……

「あのときは、詩織はひどく怖がってたけど……先生はそんなに怒ってなかったから」

「そうなの？　僕は寿命が縮みそうなほど怖かったけど」

「おおっ、広澤じゃないか」

突然大きな声がして、沙帆子は驚いて振り返った。

「金山先生」

広澤が笑顔で返事をする。

「驚いたな。お前、彼女ができたのか？　なんだよぉ、教師の俺より先に彼女作るなよぉ」

「先生……えっと……困ったな」

広澤は困った様子で頭を掻《か》く。

「照れるな照れるな。しかし、榎原さんか。うんうん、お似合いだぞ広澤」

金山はすっかり誤解したようだ。違うと言いたいが、付き合っているふりをしなければならないため、どうしたらいいのかわからない。

けど、教師の金山に誤解されるのはまずいと思うのだ。金山の口から啓史の耳に入ったりしたら……

恐ろしい形相《ぎょうそう》をした啓史が頭に浮かび、沙帆子は震え上がった。

こ、ここは、絶対に誤解を解いたほうがいい気がする。でも、なんて言えばいいんだろう？　はっきり否定してしまってもいい？

考えあぐねていると、広澤が沙帆子に視線を投げてきた。沙帆子をちらりと見たあと広澤は、金山に向かって口を開く。

「榎原さんは、僕の彼女とかではないんです。たまたま昇降口で会ったので、そのまま歩いてきただけで」

「えーっ、そうかぁ？　別に内緒にしなくてもいいじゃないか。俺とお前の仲だろ、広澤ぁ」

「いえ、本当に違うんですよ。彼女ができたら、金山先生に報告にあがりますよ」

「ふーん。なら報告を楽しみに待ってるぞ。そうそう、明後日のレクリエーション大会、広澤はどの種目に参加するんだ？」

「僕ですか？　バレーボールですよ。金山先生は？」

「俺は綱引きだ。体育教師だからって、バスケもバレーも出場禁止」

「そうなんですか。先生の勇姿《ゆうし》を見たかったのに、残念です」

「俺も見せたかったさ。俺って、取り柄は運動だけだからなぁ。それじゃ、ふたりとも仲良く帰れよ」

あっさりと手を振り、金山は去っていった。

しかし、仲良く帰れって……誤解したままじゃないよね？

「心配？」

広澤が気にして声をかけてくれる。

「……まあ、不安です」

正直に告げる。啓史の耳に入ったりしたら、どうなることか。電話で彼と話ができて、ようやく気持ちがラクになったところなのに……

「僕、殴られるかな？　どう思う、榎原さん？」

真剣に問いかけた広澤に、沙帆子は微妙な笑みを返した。

「榎原さん。君の反応を見て、僕いま、ものすっごく、不安に駆られたんだけど！」

広澤が頬を膨《ふく》らませて文句を言ってきて、沙帆子は思わず笑った。

「ごめんなさい。でも、否定できなくて」

「……さらに不安を煽《あお》ってくれてありがとう」

不安を抱えながらも噴き出してしまう。

「どういたしまして」

沙帆子の返しに、広澤も噴き出す。

いまさらどうすることもできないのだ。ここはもう笑うしかない。

沙帆子は、校門近くの駐車場に、母の車を見つけた。

「広澤君、付き合ってくれてありがとう。これからも迷惑をかけてしまいそうだけど……ほんとごめんなさい」

「いいよ。……本音を言えば、君に関われることが嬉しいから……」

いいよ、のあとの言葉は小さ過ぎて聞き取れなかった。気になったが、広澤は「それじゃ」と言って、駐輪場のほうに歩いていく。

沙帆子は芙美子の車に駆け寄り、助手席に乗り込んだ。

「ママ、ごめんね」

「ちょ、ちょっと沙帆子」

「は、はい？」

「あんたと仲良さそうに歩いてきた、あの好青年は誰なのよ？」

芙美子は背を向けて歩いている広澤を指し、興奮気味に聞いてくる。

「広澤君だよ。色々あって、ここまで送ってもらったの」

「あんたも命知らずね。他の男の子とあんなに仲良さそうに歩いているところを、啓史君に見つかったら、とんでもないことになるんじゃないの？」

「まあ、そうなんだけど。色々あって……」

「色々、色々って、色々だけじゃわかんないわよ。ちゃんと説明しなさいよ」

叱るように言いながら、芙美子は車を出し、学校を後にする。

沙帆子は、広澤と一緒だった理由を皮切りに、今日学校で起こったことを詳しく話した。

「あんたも大変だわね」

「うん。セーターのことも、ほんとびっくりしたし……もっともっと注意しなきゃならないってこと、思い知らされちゃった」

「まあそうねぇ。ママはさほど深刻に捉《とら》えてないけど……」

「えっ、そうなの？」

「バレたときはバレたときよ。バレるんじゃないかって、戦々恐々《せんせんきょうきょう》として残りの高校生活を送りたくはないでしょう？」

「それはそうだけど」

「こういうことだって起こりうるわよ。何が起こるかわかんないのが人生だもの。起こったその都度、対処していけばいいんだから……あんまり深刻にならないの」

「うーん、でもなかなか……」

「まあ、ママの考えはそういう感じよ」

「うん。……ママ、ありがとう」

「どういたしまして」

「ママ、引っ越し前で大変なのに、ほんとごめんね」

「母親ですからね。娘のピンチじゃ、しょうがないわよ」

ずっと胸に重いものを抱えていたのに、母とおしゃべりを続けているうちに、不思議と軽くなっていった。

32 最悪の心づもり ～啓史～

仕事を終えた啓史は、化学準備室を出て職員室に向かった。

廊下を歩いていると、数人の生徒たちと楽しそうに立ち話をしている金山と出くわす。

啓史がやってくるのに気づいた金山は、生徒たちと別れ、啓史の横に並んだ。

「職員室に戻るんですよね？　一緒に行きましょう」

また噂話を持ち出すんじゃないだろうな？

「いま生徒たちから聞いたんですが」

やっぱり始まったか……

げんなりしたが、職員室までまだだいぶある。

「先生が副担をしてる二組の榎原に彼氏ができて……」

まさか、沙帆子の名が出るとは思わず、啓史はぎょっとした。

「あの子、意外と男子生徒たちに人気があって、その話にがっかりしている奴ら、多いらしいですよ」

彼氏というのは、もちろん広澤のことだろう。

「榎原については、前から彼氏ができたんじゃないかって噂が出回っていたみたいなんですけど、今回……なんか彼氏のセーターを着ていたとかで、ずいぶんな騒ぎになったそうです」

それって俺のセーターなんだよな。

複雑な心境になる。沙帆子や森沢から、騒ぎについては聞いているが……

「金山先生、いったいどんな騒ぎに？」

「それが、ずいぶんとひどいことを言われたようです。注目を浴びたくて、自分で買ったんだろうとか……あげくセーターを見せろって、無理やり取り上げられそうになったらしいです」

そんないざこざがあったとは……それでセーターがヨレヨレになったわけか……

「そしたら江藤がブチ切れて、セーターは広澤のだ、もう榎原にちょっかいかけるなって怒鳴りつけたそうなんですよ」

なんだって？　啓史はきゅっと眉を寄せた。

「江藤は普段ほわほわしてる印象が強いから、目撃したあいつらも驚いたらしいです。まあ、もちろん褒めてるんですけどね。友達のために果敢《かかん》に立ち向かったって……」

沙帆子のために、果敢《かかん》に立ち向かってくれた江藤には感謝するべきかもしれないが……

江藤の奴、結果的に広澤が沙帆子の彼氏だと決定づけてるんじゃないか！

ムカムカしつつも、沙帆子が不憫《ふびん》になる。

まさか、そんなひどいことを言われていたとは……なんで俺に話してくれなかったんだ。

「金山先生、そのひどいことを言ったという生徒は誰なんですか？」

さりげなく問うと、金山は数人の女子生徒の名を挙げる。啓史は、その情報をしっかり記憶に刻んだ。

職員室が見えてきた。金山に視線を向けると、なぜか肩を落としてため息をついている。

「金山先生、急にどうしたんです？」

「いや……それがですね。昼過ぎに仲良く肩を並べて下校する広澤と榎原に会ったんですよ」

は？　肩を並べて下校していただと？　頬がヒクヒクッと痙攣《けいれん》する。

つまり森沢は、さっそく作戦を実行したというわけか……

それにしたって、江藤の発言に加え、ふたりで肩を並べて下校とか……どっちと付き合っているか、わからないようにするんじゃなかったのか？

だんだん森沢の考えが読めてきた。つまりあいつは、俺に対してだけ、そういうことにしたんじゃないのか？

あの野郎、この俺を騙《だま》そうとするとは、いい度胸じゃないか！

「ふたりに、付き合ってるのかって聞いたら、広澤は違うってはっきり否定したんですよ。彼女ができたら、報告にくるなんて言われて……それを信じたんだけど……結局、彼女だったわけですよ。それを考えたら、なんかがっかりしちゃってね」

そうか、広澤は否定したんだな。

それは嬉しかったが、肩を落としている金山を見ていると、金山にも広澤にも申し訳なくなる。

広澤は、金山先生に嘘をついたわけじゃないのにな。

「広澤が違うと言ったんなら、違うんじゃないですか？」

「えっ？　でも、他の生徒たちが……」

「他の生徒の言葉は信じてやるのに、広澤の言葉は信じないんですか？」

「佐原先生ぇ～、真実はひとつです。両方信じるのは不可能ですよぉ」

「広澤は、先生に嘘をつくようなことはしないと、俺は思いますよ」

「そう、なのかな？」

重ねて言うと、金山は腕を組んで考え込んだ。

「う、うん。……そうですね。きっとそうだ！」

元気が戻った金山は、嬉しそうに叫ぶ。

「佐原先生、ありがとうございます！」

啓史の右手を両手でがっちり掴み、大きく揺さぶった金山は、ほがらかに去っていった。

まったく、単純なひとだ。だが、やはり性格は悪くない。


職員室での用事を終えた啓史は、帰る前に広勝のところに顔を出すことにした。

校長室のドアをノックし、「佐原ですが」と告げる。

「ああ、どうぞ」

中に入ると、熊谷がいた。

「熊谷先生」

「やあ、佐原君。今日は世話をかけたね」

「いえ。熊谷先生こそ、お疲れ様です」

熊谷はそこで改まったように啓史に身体ごと向き直った。

「ところで佐原先生」

「はい。なんでしょう」

「明日、校長先生のお宅に伺うことになってね」

「そうですか」

「ほら、榎原君、彼女の下宿先になるから、ついでに部屋を見せてもらおうと思う」

その言葉に広勝はひとつ頷《うなず》くと、口を開いた。

「まだ彼女の荷物は入っていないから、部屋は空《から》っぽだがね。まあ、そっちはついでだ。今日、熊谷先生が不在だったのは、私がちょっと頼み事をしたからなんだ。その礼に食事でも、と思ってね」

「あの、校長。佐原先生も誘ってはどうでしょう？」

「うん？　こいつは昨日来たばかりだよ」

「えっ？　そうなんですか？　もしや、彼の奥さんも一緒ですか？」

「あ、ああ、そうだ」

「校長、私も昨日誘ってほしかったですよ」

熊谷はひどく残念そうに言う。

「佐原先生の奥さんには、どうしても会わせてもらえないんですね」

気落ちしたように言われ、啓史も広勝もかける言葉が見つからない。

「まあ、とにかく明日来てくれたまえ」

「はい。ありがとうございます。それでは、私はまだ雑務が残っているので、これで」

「ああ、お疲れ」

「熊谷先生、お疲れ様です」

熊谷が出ていき、啓史は広勝と見つめ合ってしまう。

「やっぱり、駄目かな？」

「そうだな」

「沙帆子も伝えたいって言ってるんだ」

「沙帆子君が？」

「ああ。内緒にし続けて、卒業してから、実はって話すのでは、顔向けができないって言ってたよ」

「それはそうかもしれんが」

「なら」

「まあ、待て」

「それって、いつまで待てばいいの？」

「そう不機嫌になるな。私だって考えてるんだ」

「……でも、俺たちはもう伝えると決めたから」

「おいおい。いま、考えとると言っただろうが」

「伯父さん、このまま一年考え続ける気じゃないのか？」

厭味《いやみ》ったらしく言ってやったら、広勝が顔を歪《ゆが》めた。

どうやらそのつもりだったようだ。

啓史は深いため息をついた。


榎原家のアパートに到着し、呼び鈴を鳴らすと、沙帆子が出迎えてくれた。今日のことをまだ気に病んでいるらしく、落ち込んだ顔をしている。

「先生……あの」

「悪い。ちょっと遅くなった」

沙帆子の言葉を遮《さえぎ》り、啓史は手に提《さ》げたブツを沙帆子に差し出した。

「えっ、これ？」

「土産《みやげ》」

これは沙帆子の好物のプリンなのだ。ここに来る途中、店に寄って買ってきた。

「わわぁ～」

受け取った沙帆子は、目を丸くする。そして、ぱーっと花が開いたような笑みを浮かべる。

「さ、佐原先生、ありがとうございます！」

感激して声をうわずらせる沙帆子に、照れくさくなる。

まさか、ここまで喜ぶとはな。買ってきた甲斐《かい》があったというものだ。

「ママ、ママっ！　佐原先生に、プリンのお土産《みやげ》もらっちゃった」

「あら、まあ、よかったじゃないの。そのお土産《みやげ》、わたしの口にも入るのかしらぁ？」

家の奥から芙美子が顔を出して、からかってくる。啓史は笑いながら「もちろんですよ」と答えた。


幸弘が戻り、四人で食卓を囲う。

こうしてここで夕食を食べるのも、あと数回だ。啓史ですら、しんみりした気持ちになるのだから、三人の思いはいかほどのものか、わかるというもの。

夕食を食べたあと、啓史たちは今日のことを幸弘に伝えた。

話を聞き終えた幸弘は、少し思案したあと、啓史と沙帆子をじっと見つめてくる。普段とは違う幸弘の眼差しに、啓史は無意識に居住まいを正した。

「啓史、沙帆子。結婚を決めた時点で、覚悟はできてんだろう？」

再確認するように聞かれ、啓史は一瞬たじろいだ。沙帆子のほうは、殴られでもしたかのように後ろに身を引く。

「当然だよな。その覚悟があって結婚したはずだ。いまさら、こんなみみっちいことで、動揺したりはしないはずだ。だろ？」

幸弘の言葉は頭にガツンときた。だがそれは表面に出さず、啓史は頷《うなず》いた。

「はい。もちろんです」

そうきっぱり答えた啓史は、沙帆子を見る。彼女は硬い表情で幸弘を見つめ返していたが、ごくりと唾を呑み込み、「も、もちろんです」と啓史の言葉を真似る。

「よし。なら、今回のこともさらりと流せるってわけだ」

「はい」

「は、はい」

「だが、いつか結婚していることがバレる日がくるかもしれないな。もしそうなったら、お前たち、どうしようと思ってる？」

幸弘は軽い感じで問いかけてくる。

啓史は、自分が先に返事をするのを控えることにした。俺の答えに左右されない沙帆子の意見を聞きたい。

啓史は答えを促《うなが》すように沙帆子を見つめる。

「わ、わたしは……」

沙帆子は困った顔をしたが、意外にもすぐに答えた。

「どうもしない」

「非難されたり、けなされたりしたら、どうだ？」

「何も悪いことはしていないから……そういうのは黙って受け流す」

「そうだよな。好きな相手と結婚した。後ろめたく思うことは何もない」

啓史が沙帆子の言葉に同意するように言うと、沙帆子は真剣な眼差しで頷き返してきた。

「はい。ただ騒ぎになって、それがみんなの迷惑になるようだったら、自主退学しようと思います」

沙帆子の覚悟に、啓史は胸が震えた。

俺がこいつを守ってやるという気持ちは変わらない。だが、こいつ自身も、俺との結婚によって起こるかもしれないどんな事態も受け止める覚悟を持っているのだ。

それだけ俺のことを思ってくれているということ。

この先、どんなことになっても……こいつは俺と一緒にいたいと思ってくれている……

胸の中でどうしようもなく熱いものが渦巻き、啓史は腹にぐっと力を込めた。

沙帆子の覚悟に応えるように、啓史は彼女の目を見て強く頷いた。

「それでいいのか？」

幸弘が沙帆子に尋ねる。

「うん。その時点で、そのあとどうするか、みんなに相談して決める」

「啓史、お前は？」

「俺も彼女と同じです。学校にいさせてもらえないのであれば、教職を辞めるしかないですからね」

「よし。最悪の事態の心づもりは、これで充分できたな。沙帆子、もうこれでなんの不安もないか？」

「パ、パパ。……う、うん。ありがとう」

沙帆子は顔をくしゃりと歪《ゆが》めて、泣きそうな声でお礼を言う。

参ったな。

啓史は幸弘に向けて白旗を揚げたのだった。


榎原家をあとにし、マンションに向かって運転しながら、啓史は今日のことを反省とともに思い返した。

今回は事なきを得たが、安心してはいられない。この先はもっと警戒を強める必要がある。

沙帆子に、広澤と付き合っているふりを続けさせるなんてとんでもなく嫌だが、いまは受け入れざるを得ないんだろう。もちろん俺のほうの噂も、受け入れるしかない。

「それにしても、幸弘さんは、やっぱ、凄い人だな」

幸弘の発言を思い返し、実感を込めて口にする。

「そっ、そうですか？」

「ああ。お前の不安は消しちまったし、俺もお前も本当の意味で覚悟ができたんじゃないか？」

「はい。それは確かに。正直言って、わたし、パパに言われるまで、覚悟なんてまるでできてなかったんです」

「俺はまあ、覚悟はしてたが……俺ひとり覚悟ができてても、不充分だったんだよな。俺がお前を守ってやる、守ってやればいいと思ってた。でも、それじゃ駄目だったんだ」

俺は自分の未熟さをもっと自覚すべきだな。今回のことで身に沁みた。

これからもっと大変な事態に陥《おちい》る可能性もある。だが、何があろうと、俺はこいつと力を合わせ、このしあわせを守ってみせる！

啓史は心の中で固く決意した。

33　幸福限界値　～沙帆子～

守ってやる、か……その気持ちは、泣きたいくらい嬉しい。

でも、いま先生が言った通り、先生一人覚悟があっても、それでは不充分なのだ。守られているばかりでは、絶対にこの先うまくいかなくなる。わたしがちゃんと自分で立ち向かっていかなくちゃいけないんだ。

「そういえば、セーターはどうしたんだ？」

心の中で決意をみなぎらせていたら、啓史が問いかけてきた。

「制服と一緒に持ってます。ママがアイロンをかけてくれて、かなり綺麗に直してくれました」

「そうか。……それで、騒ぎになったあとも着てたのか？」

「いいえ、一時間目の休み時間に脱ぎました」

「……そうか。俺も、もう一度見たかったな」

その声には笑いが滲《にじ》んでいた。

事態を重く受け止めていたのが、その笑い声でふっと軽くなった。

そうだよね。深刻になってばかりいては楽しくない。決意は心に秘めて、先生との時間を楽しもう。

「あっ、先生、言っときますけど、今日はこの前みたいに、あんな不格好には着てませんでしたからね」

「うん？　そうなのか？」

「そうですよ。ちゃんと可愛く着てたんですから」

「へーっ。あれがどうやったら可愛くなるんだ？」

「着方があるんですよ。千里に教えてもらったんです」

こんな会話を啓史とできていることが、沙帆子は嬉しくてならなかった。

「そうなのか。ますます見たくなったな。なあ、帰ったら着て見せてくれ」

「えっ？　ま、まあ、先生が見たいって言うのなら……見せてあげないでも……」

お返しに、昨日見そこねた白衣を……と考えていると、運転している啓史から不穏な気配が漂《ただよ》ってきた。

「ずいぶん上から目線でものを言うじゃないか」

う、うそっ！　言い方が悪くて、ご機嫌を損なった？

「そ、そんなつもりは、これっぽっちもございませんが……」

平伏《へいふく》しそうなほど下手《したて》に出たら、啓史が噴き出した。

えっ、いまのわざとだったの？

「せんせぇ～」

「帰ったら、順平から借りてきたパズルゲームやるか？」

「はい」

「明日の朝は弁当をふたつ作らなきゃならないな？」

「はい。でも、ママからおかずをもらったんで、ほとんど詰めるだけですみます」

「そうか。ありがたいな」

明日の夜、両親は、ご近所さんたちが集まって開いてくれる送別会に参加するそうだ。

もう、いよいよなんだよね。今日は月曜日で……今週の土曜日には引っ越し。

考えると胸が詰まるけど……これは自分が望んだことだ。

だいたい最初は、ひとりでこっちに残るつもりでいたんだよね。

それが、佐原先生と結婚して、両親を見送ることになるなんて……

マンションに帰り、沙帆子は何をするより先に風呂に入らされた。ぐずぐずしていたら、また昨日みたいに寝てしまうと思ったようだ。

入れ替わりで啓史が入り、その間に沙帆子は手早く翌日の準備をする。

それを終えると、急いでクローゼットルームに行き、制服に着替えた。

ふふっ。先生驚くかなぁ？

啓史のセーターを着込み、姿見で確認する。

よし、準備オッケーだ！

そわそわしながら、啓史が戻るのを待つ。

あっ、風呂上がりに飲み物を用意しといてあげようかな。コーヒーがいいかな？

キッチンに入り、急いで準備をする。

コーヒーをテーブルに運んでいたら、やっとドアの開く気配がした。

パッと振り返った沙帆子は仰天《ぎょうてん》した。

う、嘘っ！

「あわわっ！　えええ！　どどど！」

仰天《ぎょうてん》し過ぎて、まともな言葉が出せず、おかしな叫びを上げる。

「なんだ、お前も、それ着てたのか？　ああ、ほんとだな、まったく見苦しくないぞ」

パジャマに白衣を羽織った超レアな佐原先生が、右手を顎《あご》に当て、思案するように言う。

バククーンと、心臓がおかしな動きをする。

死ぬっ！　きゅんとし過ぎて心臓が止まる！

「せ、先生！」

「うん？　ああ、どうだ、お前の望みを叶えてやったぞ」

超上から目線のお言葉を賜《たまわ》る。へへーっと、その足元にひれ伏したくなる。

「あ、は、はいいっ」

喜びのメーターが限界を超えて振り切ってしまったようだ。

素晴らしいです！　美味し過ぎです！　いっそ頂きたいです！

超レアな佐原先生は、沙帆子に歩み寄り、なぜか彼女のブレザーのボタンに手をかけてきた。

何をするつもりかと戸惑っていると、ボタンを外していく。

こっ、これはどういうことで？

焦《あせ》っている間に、ブレザーを脱がされてしまった。着ているセーターを、レア佐原先生はじっくりと眺めてくる。

「あ、あのぉ？」

これって、セーターの確認？

「ちょっと、そのままで待ってろ」

そう命じると啓史は部屋から出ていった。

ひとりになり、我に返る。

えっ、ま、まさか白衣はもうおしまい？　まだ、ぜんぜん見足りないのに……

慌てて追いかけようとしたら、レア佐原先生のままで戻ってきてくれた。

よかったぁ。白衣を脱いでない。

心底ほっとしていると、「ほら、そこら辺に立て」と指図してくる。見ると、デジカメを手にしておいでだ。

どうやら、沙帆子をデジカメで撮るつもりのようだ。

いや、撮るべきなのは、わたしなんかじゃないし。

「先生、わたしなんかより、先生を撮らせてくださいっ」

「ストップ！」

駆け寄ろうとしたら、鋭い制止を食らい、足が止まった。

その後数分間、黙って被写体になっていたが、やっぱり落ち着いていられない。

ようやく満足したのか、啓史はデジカメを下ろした。

「せん……」

次の瞬間、白衣姿の啓史に沙帆子の身体は包み込まれていた。

う、うわーーーっ！

とんでもなく嬉しいことになってる！

ぎゅっと抱き締められ、しあわせ過ぎてくらりと眩暈《めまい》がする。

「お、おい」

腰が砕けてしまった。

沙帆子は、白衣の啓史を巻き添えにして、その場に崩れ落ちた。

「大丈夫か？」

「は、はい。ちょ、ちょっと……限界を超えてしまったというか……」

「限界？　なんの話だ？」

真面目に聞かれると、非常に恥ずかしい。

「こ、こっちの話です」

顔を赤くしてぼそぼそと答える。

「こっち……お前、自分が何を話しているのか、ちゃんとわかってんのか？」

「わかってます！　白衣の先生に抱き締められてます！」

「……」

静かになった。会話をする必要がなくなったため、沙帆子の意識は自分を抱き締めているものにのみ向けられる。

しあわせだぁ♪　しあわせで身体がふわふわと浮いてしまいそうだぁ。

まさにそう考えた瞬間、突然身体が浮いた。

ええっ！

びっくりして、足をばたつかせる。

「こらっ、落っことしちまうぞ。じっとしてろ」

啓史が小言のように言う。

「は、はいぃ」

小さくなって返事をしつつ、いまの自分の状況を自覚し、心の中できゃはーっと悲鳴を上げる。

白衣の激レア先生に、お姫様抱っこ？

うっ、わっ、わっ、わっ、わっ！

運ばれていった先はベッドだった。そっと下ろされ、ベッドの上に仰向けにされる。

上から激レア啓史が、沙帆子の顔を見下ろしてくる。

息が止まった！　心臓も止まった……と思えた。

「沙帆子……」

魅惑的な呼びかけに、さらに心臓が打撃を受ける。

唇が重ねられ、沙帆子はぎゅっと目を閉じた。

心臓が爆走し始める。

愛するひとの手が、指先が、やさしく、けれどもどかしげに彼女の身体に触れてくる。

呼び起こされる甘い感覚に意識をもっていかれそうになりながら、沙帆子は深まる口づけに夢中で応えたのだった。

恋愛小説「エタニティブックス」の人気作を漫画化！

EC Eternity COMICS
エタニティコミックス

プラトニックは今夜でおしまい。

シュガー＊ホリック

漫画：あづみ悠羽　原作：斉河燈

10年待ったんだ

もういいだろう？

B6判　定価640円＋税
ISBN 978-4-434-19917-2

ちょっと強引、かなり溺愛。

ハッピーエンドがとまらない。

漫画：繭果あこ　原作：七福さゆり

この独占欲は、

お前限定。

B6判　定価640円＋税
ISBN 978-4-434-20071-7

風（fuu）
岐阜県在住。2005 年 6 月、web サイト「やさしい風」(http://yasashiikazefuu.web.fc2.com/) にて、恋愛小説の掲載を始める。インターネット上で爆発的な人気を誇り、「PURE」にて出版デビューに至る。

イラスト：ひだかなみ
http://hi-sa.sakura.ne.jp/

ナチュラルキス新婚編《しんこんへん》 4

風（ふう）

2015年 1月 31日初版発行

編集－阿部由佳・塙綾子
発行者－梶本雄介
発行所－株式会社アルファポリス
〒150-6005 東京都渋谷区恵比寿4-20-3 恵比寿ｶﾞｰﾃﾞﾝﾌﾟﾚｲｽﾀﾜｰ5F
TEL 03-6277-1601（営業） 03-6277-1602（編集）
URL http://www.alphapolis.co.jp/
発売元－株式会社星雲社
〒112-0012東京都文京区大塚3-21-10
TEL 03-3947-1021
装丁イラスト－ひだかなみ
装丁デザイン－ansyyqdesign
印刷－中央精版印刷株式会社

価格はカバーに表示されてあります。
落丁乱丁の場合はアルファポリスまでご連絡ください。
送料は小社負担でお取り替えします。

ISBN978-4-434-20191-2 C0093